Contraste insuffisant

NF Z 43-120-14

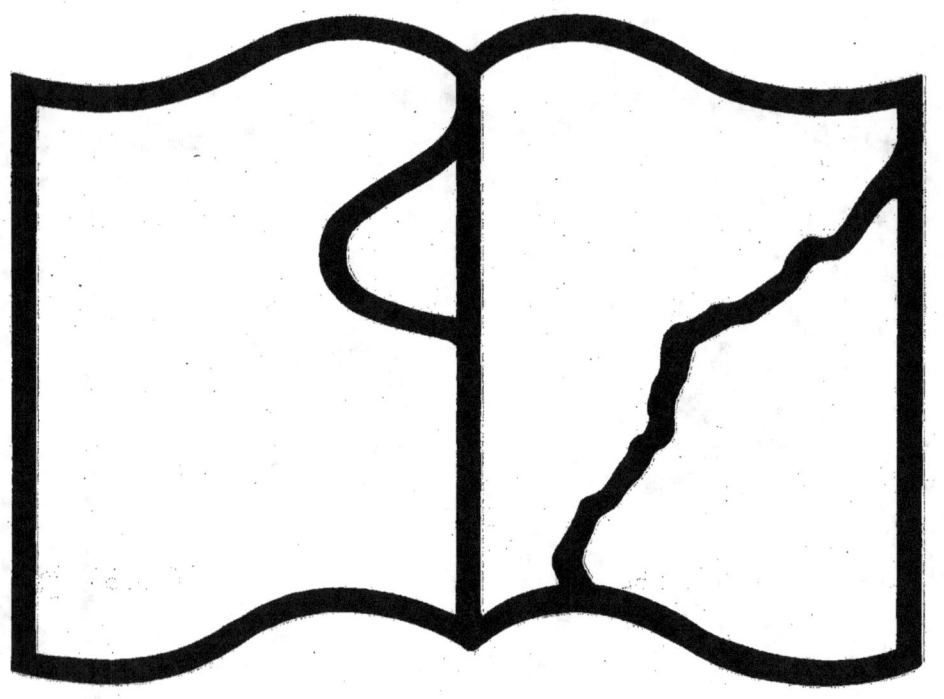

Texte détérioré — reliure défectueuse

NF Z 43-120-11

COLLECTION PICARD

BIBLIOTHÈQUE D'ÉDUCATION RÉCRÉATIVE

LA

JOLIE IDA

PAR

Mme W. DE CONINCK

TRENTE ET UNE GRAVURES, PAR JAMAS ET MASSÉ

PARIS

ALCIDE PICARD ET KAAN, ÉDITEURS

11, RUE SOUFFLOT, 11

BIBLIOTHÈQUE D'ÉDUCATION RÉCRÉATIVE

LA

JOLIE IDA

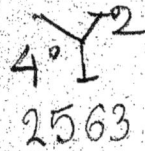

Mélanie

le père Jean

Thibaut

Ida

M.GÉROLD

Cybèle

COLLECTION PICARD

BIBLIOTHÈQUE D'ÉDUCATION RÉCRÉATIVE

LA

JOLIE IDA

PAR

Mme W. DE CONINCK

Trente et une gravures, par Jamas et Massé

PARIS

ALCIDE PICARD ET KAAN, ÉDITEURS

11, RUE SOUFFLOT, 11

Propriété réservée.

LA JOLIE IDA

Ida, Nancy et Rosalie.

Dans un de ces charmants petits ports de mer, comme il y en a tant sur les bords de la Manche, trois petites filles revenaient un jour de l'école en bavardant à qui mieux mieux. Elles se nommaient Ida, Nancy et Rosalie.

— Quel bonheur! disait cette dernière, c'est dans quinze jours la distribution des prix et vous verrez quelle belle toilette j'aurai!

— Moi, dit Nancy, j'espère avoir le prix de couture et celui d'exactitude.

— Et moi j'aurai peut-être celui de lecture, dit Ida.

— Je ne sais pas si j'aurai des prix, ajouta Rosalie; mais tout ce que je sais, c'est que maman me fait une belle robe de mousseline blanche. Elle compte aussi m'acheter une large ceinture rouge et de belles bottines grises. Quelques jours avant la fête on mettra mes cheveux en papillotes afin que j'aie de belles boucles qui seront retenues par un ruban de la même couleur que ma ceinture.

— Oh! que tu es heureuse! reprit Ida dont les yeux pétillaient de désir. Il faut absolument que maman m'habille aussi comme cela.

NANCY. — Mais, Ida, tes parents ne sont pas riches; peut-être ne pourront-ils pas dépenser tant d'argent?

IDA. — J'ai bien peur, en effet, que maman ne le veuille pas. Quant à papa, je puis lui faire faire tout ce que je désire, et je le prierai tant, tant, tant, qu'il finira par obtenir aussi le consentement de maman.

ROSALIE. — Pour toi, Ida, qui es blonde, il te faudra une ceinture bleue. Tu as bien du bonheur que tes cheveux bouclent naturellement, on n'aura pas besoin de te torturer la tête. Comme un nœud bleu fera bien dans tes belles boucles! Je suis sûre que tout le monde t'admirera.

IDA. — C'est pourtant bien agréable d'entendre dire autour de soi : « Voyez donc cette petite fille, comme elle est jolie! »

NANCY. — Moi, je mettrai tout simplement ma robe du dimanche. Elle n'est pas élégante, mais elle est encore propre, et, comme notre maîtresse sait que j'ai travaillé de mon mieux, elle ne m'en recevra pas plus mal pour cela.

ROSALIE. — Oh! je ne pense guère à notre maîtresse. C'est pour les beaux messieurs et les belles dames qui seront là que je tiens à être bien habillée.

NANCY. — Toi, c'est possible; mais moi! Je sais bien

que, quand même je me ferais aussi belle que possible, personne ne me dirait que je suis jolie.

— Oh! cela c'est bien sûr! dirent les deux autres petites avec plus de franchise que de politesse; et toutes trois se mirent à rire.

Il était difficile en effet de voir un contraste plus frappant que celui qui existait entre la pauvre Nancy et ses deux compagnes. Elle avait la taille courte, la tournure disgracieuse; son visage, qui avait été défiguré par la petite vérole, était blême, son nez gros et court, ses yeux petits et grisâtres; une expression de douceur et de bonhomie relevait seule cet ensemble peu gracieux. Rosalie était une belle brune au teint coloré et aux brillants yeux noirs; quant à Ida, c'était la plus jolie enfant qu'on pût voir. Comme elle est notre héroïne, nous en ferons une description un peu plus détaillée. Elle avait un teint rose et blanc, de grands yeux bleu foncé bordés de longs cils recourbés, un nez très bien fait et une petite bouche garnie de jolies dents blanches. Ses épais cheveux châtain clair tombaient sur ses épaules en boucles naturelles et eussent suffi, à eux seuls, pour la faire remarquer entre tous les enfants. Non seulement elle était jolie, mais encore elle avait dans toute sa personne un cachet de distinction qu'on s'étonnait de trouver chez une petite paysanne. Nous verrons plus tard si cette beauté remarquable fut pour elle une cause de bonheur.

La robe blanche.

Arrivées à la porte de la ville, nos trois enfants se séparèrent. Ida prit congé de ses compagnes et se dirigea vers une jolie chaumière entourée d'un jardinet. Son front était soucieux, mais le sourire reparut sur ses lèvres lorsqu'elle aperçut son père qui, rentré plus tôt qu'à l'ordinaire, était assis sur un banc à la porte de la maison. Elle courut vers lui avec empressement, s'assit sur ses genoux, le dévora de caresses et, au milieu de mille câlineries, lui dit :

— Mon bon petit père, tu serait si gentil, si aimable, si tu voulais me promettre de m'accorder ce que je vais te demander.

— Comment, petit lutin, lui répondit son père, tu veux que je te fasse une promesse sans savoir à quoi je m'engage !

— Oh ! papa, c'est quelque chose dont j'ai tellement envie. Je suis sûre que je ne pourrais plus jamais être heureuse si tu me la refuses.

— Et cette affaire si importante vous fait oublier de venir embrasser votre mère, dit celle-ci en paraissant à la porte de la chaumière. Ida alla vers elle en rougissant, car le fait est qu'elle eût autant aimé avoir affaire à son père tout seul. Cependant elle prit son parti en brave et raconta la conversation qu'elle avait eue avec ses amies.

Ida aperçut son père assis sur un banc à la porte de la maison.

Elle termina en témoignant le plus vif désir de paraître à la distribution des prix, habillée comme le devait être Rosalie.

— Une robe blanche! une ceinture! un tas de brimborions qui coûtent beaucoup d'argent et ne servent qu'une fois! s'écria sa mère: la petite est folle de nous demander pareille chose! C'est bon pour les parents de Rosalie, qui sont de gros épiciers, ils peuvent faire cette dépense s'ils le veulent. Pour de pauvres journaliers comme nous, pour des gens qui souvent ont bien de la peine à nouer les deux bouts de l'année, ce serait une trop grande folie et il n'y a pas moyen d'y songer.

— Oh! maman! chère maman! est-ce donc impossible, tout à fait impossible? C'est pourtant si joli une robe blanche et une ceinture bleue! Et puis, si j'ai mes vêtements ordinaires, personne ne me regardera et tout le monde admirera Rosalie. Non, jamais je ne pourrai en prendre mon parti, et, en disant ces mots, elle se mit à pleurer.

Le père reprit après un moment de silence :

— Le fait est qu'habillée ainsi elle serait jolie comme un petit ange et qu'il n'y aurait personne qui ne nous enviât un pareil enfant; cependant, tu as raison, ma femme, cela ne serait pas raisonnable. Viens m'embrasser, ma petite Ida, et ne te désoles pas ainsi. Vois-tu, les autres auront beau faire, elles n'empêcheront pas que tu sois toujours la plus jolie enfant du village.

Ida, la figure cachée dans son tablier et sanglotant de tout son cœur, tourna le dos à son père et ne voulut

écouter aucune de ses consolations. Sa mère, impatientée
de cette scène, rentra dans la maison, en disant :

— Comme tu gâtes cette enfant!

Malheureusement pour notre héroïne, la mère Thibaut
méritait souvent elle-même le reproche, que dans ce
moment elle adressait à son mari. Lorsque Ida était
venue au monde, ses parents avaient déjà eu plusieurs
enfants, qu'ils avaient tous perdus, les uns après les
autres ; cette circonstance, jointe à son extrême beauté,
contribua à rendre la petite l'idole de la maison. On
l'admirait, on était fier d'elle et on ne savait rien lui
refuser, ce qui l'avait rendue très vaine et très égoïste.
Pendant qu'elle était à sangloter comme si son cœur allait
se briser, un nouveau personnage parut à l'horizon.
C'était un homme d'un âge mûr, en costume de pêcheur
et portant un filet sur ses épaules. Ses yeux louches, sa
barbe noire et son teint basané lui donnaient un air
dur et l'avaient toujours rendu un sujet d'effroi pour la
petite fille. On le nommait Pinsard. C'était un camarade
d'enfance du père Thibaut.

— Eh bien ! eh bien! dit-il, qu'a donc la belle enfant ?
L'auriez-vous battue, par hasard ? Ce serait bien du nouveau.

— Vraiment non, répondit Thibaut tristement ; elle se
désole parce que nous ne pouvons pas lui donner une
robe blanche pour aller à la distribution des prix de son
école.

—Et pourquoi ne lui en donnez-vous pas? Vous ne
pourriez certainement trouver dans toute la commune une

fillette mieux faite pour porter de belles robes. Si elle
était bien habillée, elle aurait l'air d'une petite duchesse.

— C'est l'argent qui nous manque, nous n'en avons que
juste ce qu'il faut pour vivre.

— L'argent! l'argent! Si tu avais voulu écouter mes
propositions, tu en aurais eu plus qu'il n'en faut pour
acheter des robes de toutes les couleurs.

— Ne me parle plus de cela, tu sais ce que je t'ai dit;
j'aime mieux gagner mon pain de chaque jour en travaillant à la terre et rester honnête homme que de m'en-
richir en faisant le métier que tu fais.

— Qu'est-ce qui t'empêche de rester honnête homme?
Ce que je te propose n'est pas malhonnête.

— Non, pas précisément; mais, une fois sur cette
pente, on ne sait plus où l'on s'arrêtera.

— Ce que je t'en dis, c'est dans ton intérêt; moi, ça
m'est égal, moins on est nombreux et plus on gagne.
Où est ta femme? Je lui apportais mon filet à raccommoder.

— Elle est dans la maison. Nous allions souper, et tu
viens à point pour manger un morceau avec nous. Allons,
Ida, sèche tes larmes et viens te mettre à table.

Ida secoua la tête d'un air maussade et, malgré tout
ce qu'on put lui dire, elle s'obstina à garder le silence et
ne voulut rien manger. Sans en avoir l'air, elle avait
attentivement écouté la conversation de son père avec
Pinsard; mais la seule chose qu'elle en eût compris était
que, si son père le voulait bien, il pourrait avoir assez
d'argent pour lui acheter des robes de toutes les couleurs;

aussi, quand elle fut couchée et que Thibaut se baissa
sur elle pour l'embrasser, elle lui répéta cette phrase, en
ajoutant :

— C'est bien mal à toi, papa, de ne pas vouloir.

— Chut ! mon enfant, lui répondit-il ; tu ne sais ce
que tu demandes.

Et comme elle recommençait à pleurer :
Calme-toi, ma chérie, je vais en causer avec ta mère
et, s'il y a moyen, je te promets que tu auras la
robe.

En effet, à peine eut-il rejoint sa femme dans la cuisine, qu'il entreprit de lui prouver par toutes sortes de
beaux raisonnements qu'ils pouvaient très bien se permettre cette dépense.

— Tu prendras la robe un peu longue, disait-il, et elle
servira pour plusieurs années. Quant à l'argent, je sais
bien que nous n'avons que celui qui est dû pour le loyer,
mais le propriétaire attendra, et nous rattraperons cela
en travaillant tous les deux un peu plus dur pendant quelques mois.

Puis, voyant que la mère Thibaut branlait la tête et
n'avait pas l'air d'être convaincue, il ajouta : Et quand
cette dépense devrait nous arriérer un peu, cela ne vaut-il
pas mieux que de voir la petite tomber malade de chagrin ?
As-tu remarqué comme elle était pâle et qu'elle n'a rien
voulu manger ? Elle n'est pas forte, la pauvre enfant, et
que deviendrions-nous si elle nous était enlevée comme
ses frères ?

Le cœur de la tendre mère ne put résister à cet appel :

— Nous faisons une folie, dit-elle ; mais enfin, pour avoir la paix, je consens à lui acheter la robe.

Grande fut la joie de la petite vaniteuse lorsque, le lendemain matin, elle apprit qu'elle avait remporté la victoire. Pendant les quinze jours qui suivirent, elle ne pensa pas à autre chose. A l'école, on fut très mécontent d'elle, ainsi que de Rosalie, qui n'avait aussi que la toilette en tête. La brave Nancy, quoiqu'elle fût beaucoup moins intelligente que ses compagnes, eut cette fois de bien meilleures notes qu'elles.

Les suites d'une folie. — Changement de vie.

Enfin, le jour tant désiré arriva. Nancy eut plusieurs prix, et, sans se laisser arrêter par sa laideur, la dame qui les lui remit l'embrassa avec affection et lui fit compliment sur sa bonne conduite. Rosalie et Ida n'en eurent aucun ; mais elles purent se rassasier du plaisir d'être admirées. Ida surtout était charmante avec sa robe blanche et ses rubans bleus. Les amis de ses parents et les étrangers qui l'entouraient eurent le très grand tort de le dire tout haut devant elle, et même de la comparer à ses compagnes, en lui donnant tout l'avantage. Aussi son petit cœur se gonflait-il de plus en plus d'orgueil et de vanité.

Le lendemain, les beaux habits furent soigneusement serrés dans une armoire, et le père et la mère Thibaut se remirent à l'ouvrage avec plus d'ardeur que jamais.

Les pauvres gens avaient fait la triste expérience qu'une dépense inutile en appelle bien d'autres. Une fois la robe et la ceinture d'Ida achetées, il avait fallu encore un jupon blanc, puis des bas fins, des souliers, un mouchoir et beaucoup d'autres petites choses; de sorte que, non seulement l'argent du loyer y passa, mais encore ils ne purent tout payer comptant. Ils eurent beau s'épuiser de fatigue, il leur fut impossible de parvenir à combler le déficit; au contraire, il augmentait toujours, et la mère Thibaut en éprouva un vif chagrin. Elle mangeait à peine et souvent passait des nuits à coudre ou à faire des filets; sa santé, qui n'avait jamais été bien forte, ne put résister à un pareil régime, elle tomba gravement malade et se mit au lit pour ne plus se relever. Ida, qui, malgré tous ses défauts, avait un excellent cœur, aida de son mieux à soigner sa mère. La veille de sa mort, celle-ci l'appela près de son lit, lui fit quelques recommandations, puis, après l'avoir longtemps considérée, elle dit d'une voix faible et comme se parlant à elle-même : « Pauvre enfant, pauvre chère enfant, Dieu veuille que ta beauté ne fasse pas ton malheur ! Je m'en irais plus tranquille si tu étais moins jolie ». Sur le moment même, ces paroles ne firent pas grande impression sur l'enfant, mais plus tard elles lui revinrent souvent à la mémoire. Elle pleura beaucoup sa mère, mais elle avait huit ans, était fort irréfléchie, et l'idée ne lui vint pas qu'elle eût été la cause indirecte de cette mort qui l'affligeait tant.

Le père Thibaut était atterré. Non seulement il aimait tendrement sa femme, mais encore il avait pris l'habitude de se laisser diriger par elle dans presque tout ce qu'il faisait; aussi sa perte lui laissait-elle un vide immense; il n'avait même plus le courage de travailler. Au bout de peu de temps, le propriétaire lui signifia qu'il eût à quitter la maison, et ses autres créanciers le tourmentèrent pour qu'il leur payât ce qui leur était dû. Le pauvre homme n'avait pas un sou et il eût complètement perdu la tête si Pinsard ne fût venu à son aide. Celui-ci lui prêta de l'argent et l'installa, ainsi que sa fille, dans une petite cabane qu'il possédait au bord de la mer. Ida, comme tous les enfants, aimait beaucoup le changement; les premiers jours, elle fut enchantée de sa nouvelle demeure; mais, quand le plaisir de la nouveauté fut passé, elle commença à s'y trouver fort tristement. Le père Thibaut, presque toujours accompagné de Pinsard, partait le matin de bonne heure et ne rentrait que le soir pour souper. Comme il trouvait sa fille trop jeune et trop inexpérimentée pour tenir son ménage, ils avaient décidé que la mère de Nancy, pauvre veuve nommée Mélanie, viendrait deux fois par jour pour apprêter les repas et mettre en ordre la maison. Par malheur, Ida n'aimait pas Mélanie, parce que celle-ci lui faisait honte de ne pas savoir se rendre utile et qu'elle lui disait souvent: Tu n'es pas comme ma fille Nancy; elle n'a qu'un an de plus que toi et pourtant elle est déjà comme une seconde mère pour ses petits

2

frères. Il faut voir comme elle a vite arrangé un lit, et
les bonnes soupes qu'elle sait nous faire.

;— Papa ne me demande pas de m'occuper de tout cela,
répondait d'un air hautain la petite orgueilleuse ; et, d'ailleurs, je ne veux pas faire la cuisine, pour avoir, comme
Nancy, de grosses vilaines mains rouges.

Pinsard installa Thibaud et Ida dans une petite cabane,
qu'il possédait au bord de la mer.

On était alors à la fin de l'automne ; de violentes tem-
pêtes bouleversaient fréquemment l'Océan. Le vent semblait vouloir renverser tout ce qui se trouvait sur son
passage, et la mer en courroux mugissait avec fureur.

Toute seule dans sa cabane, la pauvre Ida, en attendant
le retour de son père, passait souvent de longues soirées
à écouter tous ces sons menaçants. Quelquefois son ima-

gination, exaltée par la frayeur, lui faisait prendre le
bruit des vagues entraînant les galets pour des rugis-
sements de monstres marins, et les sifflements aigus du
vent pour des rires de sorcières et de démons ; alors elle
se penchait en pleurant sur la flamme tremblante du
foyer. Aussi, comme elle était joyeuse lorsque son père
rentrait, comme elle se jetait dans ses bras, avec quel
empressement elle lui servait son souper et s'asseyait
près de lui, sur une petite chaise qui lui appartenait.

Le père Thibaut avait beaucoup changé depuis la mort
de sa femme ; il n'avait plus, comme autrefois, une physionomie ouverte et des lèvres toujours disposées à laisser
passer un bon mot ; son visage était devenu soucieux et
un observateur intelligent aurait pu voir, dans l'expression
inquiète de ses yeux, autre chose encore que du chagrin ;
sa manière d'être avec sa fille était aussi devenue très
irrégulière ; quelquefois il la comblait de caresses et de
cadeaux (car l'argent paraissait ne plus lui manquer) et
d'autres fois il la brusquait et la repoussait durement.
Lorsqu'il rentrait accompagné de Pinsard, l'enfant osait à
peine s'approcher d'eux, parce qu'elle était sûre, au bout
de quelques instants, d'être envoyée au lit avec des paroles brutales. Quand elle était couchée dans sa chambrette,
elle les entendait encore causer pendant longtemps dans
la pièce voisine. Parfois, il lui semblait distinguer d'autres voix d'hommes qui se mêlaient aux leurs. On chan-
tait, on buvait, on riait, puis tout le monde sortait. Oui,
tout le monde. Quoique Ida ne l'eût jamais vu, elle avait
le sentiment que son père aussi la quittait et qu'elle se

trouvait seule dans sa cabane solitaire. Elle se blottissait
en frissonnant au fond de son lit, et, malgré sa frayeur, le
sommeil finissait par la gagner.

Une nuit, elle fut réveillée par des bruits étranges qui
partaient de la cuisine. Il lui semblait qu'on traînait sur
le plancher quelque chose de lourd et que plusieurs personnes se parlaient à voix basse; tout à coup, elle entendit une exclamation ressemblant à un cri étouffé, puis un
son mat comme celui qu'un corps pesant produirait en
tombant. La frayeur la retint quelques instants immobile
sur son lit; mais bientôt la curiosité et le désir d'échapper au malaise qui l'oppressait lui donnèrent le courage
de se lever, d'aller vers la porte et de l'ouvrir doucement.
Voici ce qu'elle vit : son père, Pinsard et deux hommes
inconnus étaient occupés à rentrer dans la cabane des
ballots recouverts de toile d'emballage ; une grande
caisse, contenant ordinairement la provision de charbon
du petit ménage, avait été traînée de côté, et, à la place
qu'elle occupait, s'ouvrait une trappe dont Ida n'avait
jamais soupçonné l'existence. Les hommes prenaient les
ballots les uns après les autres et les jetaient par cette
ouverture. L'enfant eut à peine le temps de saisir tous les
détails de cette scène, car Pinsard, l'ayant aperçue, pro-
féra un affreux juron et s'avança vers elle en la menaçant
d'un couteau qu'il tenait à la main. La pauvre petite
poussa un cri d'effroi et se précipita vers son père. Celui-
ci, repoussant violemment Pinsard, la prit dans ses bras
et la reporta dans sa chambre. Il la rejeta brusquement
sur son lit et lui dit : « Malheureuse enfant ! veux-tu te

faire tuer? Veux-tu être la cause de notre ruine à tous? Si
jamais tu dis un mot à qui que ce soit de ce que tu as vu
ce soir ou des autres remarques que tu as pu faire sur
notre conduite, nous serons des gens perdus ; et, quant à
toi, il ne sera plus possible de te soustraire à la colère de
Pinsard ». Ida, toute en pleurs, passa ses bras autour du
cou de son père et lui jura à plusieurs reprises que jamais
une parole indiscrète ne sortirait de ses lèvres. Un peu
tranquillisé par ses assurances réitérées, Thibaut lui
raconta, non sans embarras, qu'un ami l'avait prié de lui
garder, pendant quelque temps, des marchandises pré-
cieuses, et que c'était dans la crainte qu'elles n'attirassent
les voleurs qu'il voulait cacher à tout le monde qu'elles
étaient chez lui. « Ne t'effrayes donc pas, ajouta-t-il, si tu
entends encore du bruit pendant la nuit, car nous aurons
à les examiner souvent, pour voir si elles sont en bon état.
Tant que je veille sur toi, tu sais bien que tu n'as rien à
craindre ; ainsi, recouche-toi et dors tranquillement »

L'enfant lui obéit avec docilité et, depuis ce jour, elle
se garda bien de bouger quand elle entendit des pas dans
la pièce voisine.

Les découvertes d'Ida.

Ida allait toujours très régulièrement à l'école, et, comme elle était douée de beaucoup d'intelligence, elle apprenait vite et bien. Malgré cela, elle n'avait su gagner l'affection ni de ses maîtresses, ni de ses compagnes, ce qui tenait à ce que le sentiment de sa beauté remarquable l'avait rendue fière et orgueilleuse. Elle s'aimait trop elle-même pour pouvoir être aimée des autres. La bonne Nancy cependant fût devenue volontiers son amie, mais elle était si occupée chez elle qu'elle avait peu de temps à lui consacrer, et d'ailleurs Ida la méprisait à cause de sa laideur et de son intelligence très ordinaire. D'un autre côté, entre elle et Rosalie, il y avait un sentiment de riva-lité jalouse qui excluait toute intimité, de sorte que la vaniteuse petite fille se trouvait réduite la plupart du temps à passer ses récréations dans la solitude. Un dimanche qu'elle se trouvait ainsi toute seule auprès de sa cabane, l'idée lui vint d'aller explorer des rochers qu'on apercevait à quelque distance sur le bord de la mer. Depuis qu'elle habitait près de la plage, le temps avait toujours été si mauvais qu'elle n'avait pas été ten-tée de s'éloigner de la maison; aussi connaissait-elle fort peu toutes les curiosités que la mer roule sur ses rivages. Elle se mit en route, un petit panier au bras, et à peine avait-elle fait quelques pas qu'elle aperçut sur le sable de

belles étoiles orangées. Elle les prit d'abord pour des
fleurs marines détachées de leurs tiges; mais, en les
examinant de plus près, elle les vit remuer et même
glisser lestement sur le sol. Chacun de leurs bras était
garni d'une masse de petits fils blancs, courts et trans-
parents, qui leur servent de pieds pour ramper et de
mains pour porter la nourriture à leur bouche, qui est
placée au centre.

Ida, voulant faire une collection de tout ce qu'elle trouverait de curieux, en mit quelques-unes dans son panier,

Étoile de mer

et continua sa route, en s'arrêtant à chaque pas, tantôt
pour ramasser un caillou transparent ou couvert d'une
substance ressemblant à du corail, tantôt pour prendre
des herbes marines. Parmi ces dernières, elle en trouva
de très jolies. Il y en avait de plusieurs nuances, de rouges, de brunes et de vertes; les unes étaient découpées
avec toute la finesse imaginable, les autres ressemblaient
à de grosses lanières de cuir; quelques-unes portaient des
boules rondes ou des fruits en forme de haricots. Ida
voulut ouvrir un de ces derniers pour en voir la graine,

mais il éclata entre ses doigts et ne contenait que de l'eau
mêlée d'un peu d'air. Tout en cheminant ainsi, la petite
arriva près d'un pêcheur qui venait de tirer sa barque sur

Vareçh.

le sable. Il était encore occupé à décharger son poisson,
et, comme Ida suivait de l'œil tous ses mouvements et ne
regardait pas devant elle, son pied se posa sur quelque
chose de glissant et elle trébucha; elle poussa un cri,
moitié de frayeur, moitié de dégoût à l'aspect de l'objet
qui avait failli la faire tomber. C'était une masse informe

Tout en cheminant, Ida arriva près d'un pêcheur qui venait de tirer sa barque sur le sable.

et gluante ayant la couleur et la consistance de l'amidon
cuit dont se servent les repasseuses.

— Qu'as-tu donc, petite? lui demanda le pêcheur en
s'approchant d'elle. Quoi! c'est cette méduse qui t'effraye?
N'en as-tu donc jamais vu? Il n'y a pas de danger qu'elle
te mange; seulement, ne la touche pas, car quelquefois leur
contact vous brûle la peau et y fait venir des boutons.

Méduse.

— La toucher! lui répondit Ida, je n'en ai guère envie.
Quelle horrible bête!

— Pas déjà si horrible, reprit le pêcheur : celle-ci est
sale et écrasée, mais, quand elles nagent dans la mer, il y
en a quelquefois d'assez jolies. Tiens, j'en aperçois une
belle là-bas, je vais te la faire examiner. En disant ces
mots, il la piqua au bout de son bâton et la montra à l'enfant. Ida vit que cet animal avait la forme d'un champi-
gnon à demi ouvert, aux bords délicatement frangés. Sur

son dos, ou plutôt dans son dos transparent, on voyait
serpenter une bande d'un beau bleu formant comme un
nœud de ruban. En dessous de la bête tombaient des
pendeloques brillantes ressemblant beaucoup aux cristaux
taillés dont on orne les lustres.

— C'est vrai, dit la petite, la forme en est assez belle,
mais cette consistance gluante me dégoûte profondément.
Cependant, si vous voulez bien avoir la bonté de la mettre
dans mon panier, je l'emporterai, car il m'en faudra une
dans ma collection.

— C'est bien inutile que tu t'en charges, reprit le
pêcheur, car demain tu ne trouverais plus à sa place qu'un
peu d'eau sale. Ces bêtes-là fondent comme de la gelée.
Tu auras aussi bien de la peine à conserver tes étoiles de
mer; en mourant elles perdront leurs belles couleurs, puis
elles sentiront mauvais et tu seras obligée de les jeter.
Tiens, ajouta-t-il en ramassant quelque chose au fond de
son bateau, voilà qui fera mieux dans ta collection.

— Qu'est-ce que cela? dit Ida, en examinant avec
curiosité des boules couvertes de piquants d'un vert vio-
lacé que le brave homme lui mettait dans la main.

— Ce sont des châtaignes de mer; d'autres personnes
les appellent oursins.

— Des châtaignes! Est-ce que ce sont des fruits?
Peut-on les manger?

— Non, ce sont des animaux. Regarde en dessous, tu
verras sa bouche armée de grandes dents. Quant à les
manger, on m'a dit qu'il y avait des villes où l'on s'en
régalait. Pour moi, je n'en ai jamais goûté. Vois-tu, si tu

veux les conserver, il faut les vider par la bouche avec la
pointe d'un couteau. En séchant les piquants tomberont,
mais la coque est ornée de dessins si fins et si réguliers,
qu'elle est encore très jolie.

— Je vous remercie bien, monsieur le pêcheur, dit Ida
en reprenant son panier et se remettant en route. Le
bonhomme la suivit des yeux pendant quelque temps avec
admiration. Peut-être n'aurait-il pas été aussi complaisant

Oursin ou châtaigne de mer.
(La partie gauche est débarrassée des piquants).

pour elle s'il n'eût, comme tout le monde, été frappé de
sa beauté.

Lorsque la petite arriva aux rochers, elle se vit entourée
de tant de choses curieuses qu'elle ne savait plus où
donner de la tête. Chaque flaque d'eau, chaque petit
enfoncement contenait des merveilles infinies. Il y avait
des coquilles aussi variées de formes que de couleurs, les
unes vides et ayant reçu par le frottement des cailloux
un beau poli; les autres brutes et contenant encore leurs
bêtes aux formes bizarres. Des nuées de petits crabes cou-

raient agilement autour d'elle ; ils ne marchaient pas en
avant comme les autres animaux, ou en arrière comme
les écrevisses, mais toujours de côté. Des puces de mer
sautaient, de petites crevettes nageaient, tout était vie et
animation, Ida ne pensait plus ni à sa beauté ni à la crainte
de gâter ses jolies mains blanches. Elle courait de côté et
d'autre, ramassant, pêchant, arrachant et se sentant aussi
heureuse que possible. Tout à coup elle s'arrête, saisie
d'admiration devant un petit bassin naturel formé par des
roches creuses. Il lui semble que le fond en est tapissé
de superbes fleurs. Il y en a de vertes, de rouges, mais

Crevette.

aucune n'a de tiges ni de fleurs ; elles sont collées contre
le roc. De nombreux pétales fixes et déliés s'étalent en
cercle et leur donnent l'aspect de chrysanthèmes qui
auraient été jetés là par le hasard. Ida veut prendre la
fleur qui se trouve la plus rapprochée du bord.

O surprise ! à peine sa main l'a-t-elle touchée que les
pétales s'agitent et se replient, puis disparaissent en laissant à leur place un bout noirâtre que l'enfant ne put
jamais détacher de la pierre à laquelle elle adhérait. Ces
jolies fleurs étaient encore des animaux, et Ida apprit plus
tard qu'on les nomme vulgairement anémones de mer.
Cependant le temps s'écoulait, et la petite, tout entière au

La mer est peuplée d'animaux bizarres.

bonheur de faire tant de découvertes, ne songeait nullement au retour. Au bout de plusieurs heures, qui pour
elle s'étaient écoulées comme des minutes, fatiguée, n'en
pouvant plus, elle se laisse tomber sur une pierre et jette
les yeux autour d'elle. Aussitôt l'effroi la saisit, car elle
s'aperçoit que la marée avait tellement monté qu'en plusieurs endroits elle baignait le bas des rochers et rendait
ainsi impraticable le chemin par lequel elle était venue.
Elle eut un affreux moment d'angoisse, et en effet, si,
comme cela arrive souvent, les falaises qui s'élevaient
derrière elle eussent été à pic depuis la base jusqu'au haut,
c'en était fait pour toujours de notre petite imprudente.
Dans ce lieu solitaire, personne n'eût entendu ses cris :
son beau corps, impitoyablement ballotté par les vagues,
aurait été brisé contre les rochers.

Au bout de quelques instants, lorsque son sang-froid lui
fut un peu revenu, l'enfant vit que d'anciens éboulements
avaient entraîné au bas des falaises un amas considérable
de grosses pierres et de terre entremêlés d'ajoncs et
d'autres broussailles. Le tout formait une espèce de ter-
rasse étroite et irrégulière que la mer n'atteignait jamais
et qui s'étendait jusqu'à l'endroit où les falaises s'abais-
saient. Ida était leste et agile, elle se mit aussitôt à grimper comme une chèvre sur les rochers. La montée était
rude, et son panier à moitié rempli de cailloux pesait
lourdement sur son bras. Lorsqu'elle fut arrivée sur la
plate-forme, elle s'arrêta pour se reposer un moment.
Voyant le chemin difficile qui lui restait encore à faire,
elle se décida à laisser ses trésors dans ce lieu solitaire

et à venir les reprendre un autre jour. En jetant les yeux
autour d'elle pour chercher une cachette convenable,
elle aperçut, derrière une grosse touffe d'ajoncs, une
ouverture entre deux rochers qui se réunissaient par le
haut. Elle écarta les broussailles, non sans se piquer les
doigts, et vit que cette ouverture donnait accès dans une
petite grotte en forme de tente assez spacieuse pour que
deux ou trois personnes pussent facilement s'y mettre à
l'abri. Ida fut enchantée de sa trouvaille et s'écria
joyeusement : — Quelle jolie petite chambrette je vais
avoir pour serrer toutes mes curiosités ! Elles seront bien
mieux ici que dans notre cabane ; et aussitôt elle se mit
à vider son panier et à arranger avec symétrie tout son
contenu autour de la grotte. Ce travail ne dura pas longtemps, car la collection était encore peu nombreuse. La
petite fille se promit d'employer tous ses jours de congé
à l'augmenter et à orner sa grotte de nouveaux objets.
Lorsqu'elle eut fini elle se remit en marche. Quelques
pas de plus lui firent faire encore une précieuse décou-
verte : ce fut celle d'une petite source d'eau douce qui
descendait en mince filet du haut des rochers, et formait
çà et là quelques flaques limpides. — Voilà où je viendrai
boire quand j'aurai soif, dit l'enfant ; cette eau me servira
aussi à nettoyer mes herbes et mes coquilles.

Le chemin était toujours extrêmement difficile ; tantôt
il fallait sauter par-dessus des fondrières, tantôt grimper
sur des rochers à pic. Si notre fillette n'eût été aussi
hardie qu'adroite elle ne s'en fût jamais tirée ; mais elle
arriva saine et sauve à la maison.

Au fond de la mer.

Elle aurait bien voulu raconter à son père ses dangers et ses plaisirs de la journée, mais hélas! quand celui-ci rentra il était accompagné de Pinsard, et tous les deux chantaient et trébuchaient comme des gens qui ont trop bu. Jamais pareille chose n'arrivait à Thibaut du vivant de sa femme. Ida en fut attristée et se coucha le cœur bien gros.

Pendant les quelques mois qui suivirent cette journée, notre petite héroïne fit de fréquentes excursions sur la plage et augmenta considérablement sa collection. Outre

Micraster fossile.

les coquilles, les plantes et les animaux, elle ramassait encore des fossiles, c'est-à-dire des pierres sur lesquelles on voyait l'empreinte de différents objets. Elle ne savait trop ce que c'était, mais elle les trouvait singulières et en recueillait un grand nombre, qu'elle portait dans sa grotte. Cette grotte avait maintenant l'air d'un véritable cabinet de curiosités, et elle contenait plus d'un objet qui eût été digne de l'attention des savants. Ida avait en elle-même le sentiment du beau et elle savait arranger avec goût tout ce qui lui tombait entre les mains. Elle garnit l'entrée de la caverne de guirlandes d'herbes marines de différentes nuances, qu'elle avait adroitement tressées ensemble, puis

elle en posa des touffes en bas des rochers, comme si elles
y avaient poussé naturellement, et les entremêla de
pierres, de coquilles et d'animaux bizarres qui semblaient
venir y chercher leur nourriture. Cette étrange décoration
n'était pas dépourvue de poésie, et celui qui eût vu la
charmante enfant ainsi entourée n'aurait pu s'empêcher
de penser aux néréides ou nymphes de la mer qui, d'après
la croyance des anciens, habitaient les grottes du fond de
l'Océan.

Ida et les baigneurs.

L'hiver et le printemps se passèrent pour Ida d'une
façon assez monotone, mais le mois de juin amena autour
d'elle des changements très considérables et qui influèrent
beaucoup sur sa manière de vivre. Depuis quelque temps,
des étrangers venaient chaque été prendre des bains de
mer dans la petite ville de L..., qu'habitait notre héroïne,
et cette année-là, en particulier, les Anglais et les Parisiens y affluèrent. La plage se couvrait de ces petites
cabanes de bois dans lesquelles les baigneurs se déshabil-
lent et s'habillent. Des tentes furent tendues et de beaux
messieurs et de belles dames purent s'y établir pour causer
et travailler, pendant que des troupes d'enfants folâtraient
autour d'eux. Maintenant tout était gaieté et animation

Des étrangers venaient chaque été prendre les bains de mer.

dans ces lieux naguère si sauvages. Je n'ai pas besoin de
vous dire que ce changement plut beaucoup à notre petite
coquette. Les belles toilettes l'attiraient comme les fleurs
attirent le papillon. D'abord, elle n'osa pas s'approcher de
tout ce monde élégant et se contenta de l'admirer de loin;
mais peu à peu elle s'enhardit et s'approcha. Un jour, son
attention fut attirée par les cris d'une petite fille de six à
sept ans, qui était tombée en poursuivant un garçon un
peu plus âgé qu'elle. Ida courut vers elle, la ramassa et
lui demanda avec intérêt si elle s'était fait mal :

— Non, dit l'enfant, encore toute rouge de colère;
mais c'est Jules, ce méchant Jules, qui m'a pris mes
coquilles et se sauve avec.

— Quoi ! c'est pour cela que vous pleurez, reprit Ida.
Et, aussitôt mettant sa main dans sa poche, elle en retira
une poignée de jolies coquilles, qu'elle déposa sur les
genoux de la petite fille. Le visage de celle-ci s'épanouit
à l'instant.

— Est-ce que vous me les donnez? demanda-t-elle.
Elles sont bien plus belles que n'étaient les miennes ;
Yolande ! Louise ! Anatole ! venez donc voir le cadeau que
me fait cette petite fille.

Aussitôt un rassemblement enfantin se forma autour
d'elle. Les coquilles furent examinées et admirées l'une
après l'autre; puis, tout à coup, l'attention se portant sur
Ida, on se mit à l'accabler de questions, pour savoir si
elle avait encore des coquilles, si elle savait où on les
trouvait, si elle voulait y mener les enfants. La pauvre
petite, tout intimidée, ne savait trop auquel répondre

Enfin, étendant la main du côté des rochers, elle dit à voix basse :

— C'est par là qu'on les trouve.

— Là-bas près des falaises, dit Anatole ; quel dommage ! C'est trop loin pour que nous puissions y aller seuls. Peut-être nos parents voudront-ils bien nous y conduire. Allons le leur demander. Viens avec nous, petite. A propos, comment t'appelles-tu ?

— Ida, monsieur.

— Ida, c'est un joli nom, et ta figure est aussi jolie que ton nom.

— Oh ! jolie ! reprit d'un air piqué une jeune élégante de neuf ans. Comment peux-tu la trouver jolie avec sa vilaine robe noire ?

— Oui, jolie ! mam'selle Yolande, mille fois plus jolie que vous, malgré votre robe de soie et toutes vos garnitures. Allons, ma petite Ida, viens donc ; de quoi as-tu peur ? Nos parents ne te mangeront pas, bien que tu sois gentille à croquer.

Et, moitié de gré, moitié de force, Ida fut entraînée jusqu'auprès de la tente où étaient réunies les grandes personnes.

— Qu'est-ce que cette petite prisonnière que vous nous amenez-là ? demanda un monsieur. Oh ! la jolie enfant ! Où l'avez-vous trouvée ? Est-ce une petite nymphe que les flots ont jetée sur la plage ?

UNE DAME. — Elle n'a pas tout à fait le costume d'une nymphe, mais elle a des cheveux superbes et une ravissante physionomie. Que voulez-vous à cette petite, mes enfants; pourquoi la tourmentez-vous ainsi?

Lucie. — Maman! elle sait où l'on trouve de belles coquilles comme celles que j'ai là dans mon tablier; veux-tu nous mener à cet endroit? Ida nous servira de guide.

La Dame. — Est-ce bien loin, mon enfant? Et les chemins sont-ils difficiles?

Ida. — Pas très loin, madame, mais il faut marcher sur des pierres glissantes et mettre les pieds dans l'eau.

La Dame. — En ce cas, cela ne me tente pas. Il vaut mieux que tu y ailles seule. Tu nous rapporteras toutes les coquilles que tu pourras trouver et nous te les achèterons. N'est-ce pas aussi votre avis, monsieur D.? Ne voulez-vous pas nous aider à faire la fortune de notre petite marchande?

M. D. — Bien volontiers, madame. Je payerais rien que pour avoir le plaisir de regarder sa charmante figure.

Une autre Dame. — Voyons donc cette petite merveille? En effet, elle est ravissante. Quel dommage qu'elle soit si mal habillée! Elle serait à peindre, si elle était arrangée avec un peu de goût. Je donnerais beaucoup pour avoir une fille avec ces yeux et ces cheveux-là.

M. D. — Si elle habitait Paris, avec une pareille figure elle ne tarderait pas à faire fortune.

Ida restait là immobile, à la fois rougissante et charmée sous le feu de cette bordée de compliments. Tout à coup ces mots: Pauvre enfant, pauvre malheureuse enfant! prononcés derrière elle par une voix grave et douce la firent tressaillir et se retourner vivement. Elle ne vit qu'un vieux monsieur qui, adossé à une cabane à quelque distance d'elle, la regardait d'un air mélancolique.

Cet incident l'arrachant au charme qui la retenait captive, elle fit une rapide révérence et s'éloigna à grands pas. Pendant qu'elle marchait, mille idées diverses bouillonnaient dans sa petite tête : le bonheur d'être admirée, le désir d'avoir de beaux vêtements et les moyens d'arriver à ce but, et enfin la curiosité de savoir pourquoi le vieux monsieur paraissait la plaindre, elle qui jamais ne s'était sentie si heureuse. Ce jour-là, cette dernière pensée ne la préoccupa pas longtemps, mais elle rentra dans la cabane bien décidée d'obtenir de son père la permission d'acheter une robe neuve. Il y a plus d'un an que ma mère est morte, se disait-elle, je puis bien quitter le deuil et porter, comme toutes ces petites filles, de jolies robes aux couleurs claires. J'aurai besoin de beaucoup de choses pour être aussi bien mise qu'elles. Papa voudra-t-il me donner tout ce qu'il me faudra? Cela n'est pas sûr. Commençons toujours par obtenir la robe. Que je voudrais être habillée comme la petite Yolande ! c'est alors qu'on m'admirerait ! car je suis beaucoup plus jolie qu'elle ; sa mère le trouve, puisqu'elle disait qu'elle aimerait à avoir une fille comme moi. Je suis pourtant bien heureuse d'être aussi jolie, mais alors pourquoi donc le vieux monsieur disait-il : pauvre enfant !

C'est probablement à cause de ma vilaine robe noire, il m'aura crue très pauvre.

Décidément, la petite était ce jour-là en veine de bon-

heur, car son père rentra seul et bien disposé. Il lui
accorda facilement la permission de quitter le deuil et
d'acheter une robe neuve, seulement il exigea que Mélanie
fût consultée pour le choix de l'étoffe et la manière dont
elle devait être faite. Ida l'embrassa une douzaine de fois,
l'appela son cher petit père et se coucha pour rêver toute
la nuit aux belles dames et aux beaux messieurs. Le
lendemain, elle n'eut pas de repos qu'elle n'eût entraîné
Mélanie dans un magasin d'étoffes; mais, une fois là, la
difficulté fut de se mettre d'accord. La petite fille voulait
une robe bleu clair ou rose, et Mélanie disait avec raison
que ce serait beaucoup trop salissant et qu'elle devrait en
prendre une brune ou violette. Enfin, après bien des dis-
cussions, elles firent un compromis et leur choix tomba
sur une jolie indienne lilas qui n'était ni trop claire ni
trop foncée. Mélanie se chargea de confectionner la robe
et Ida, après lui avoir fait force recommandations, la
quitta pour aller à l'école.

Le lendemain étant un jour de congé, l'enfant en pro-
fita pour aller aux rochers et à sa grotte chercher les
coquilles qu'elle avait promis d'apporter à la dame. Elle
m'a dit qu'elle me les payerait, se disait-elle; si je puis
gagner quelque argent de cette manière-là, je l'emploierai
à m'acheter un fichu et un joli tablier. Puis, j'aimerais
surtout avoir un chapeau de paille pour me garantir du
soleil. On dit qu'on devient toute brune quand on va nu-
tête, ce serait bien désagréable si cela allait m'arriver. En
attendant, je vais me faire une coiffure en herbes marines,
cela m'abritera un peu la figure. Aussitôt dit que fait,

elle choisit des varechs de différentes nuances et les tor-
tille autour de sa tête en ayant soin de laisser les plus
belles branches flotter et se mêler à ses boucles de cheveux. Lorsqu'elle eut fini de les arranger, elle se mira dans
une flaque d'eau, et, trouvant que cela ne lui allait pas
mal, elle s'amusa à se faire une ceinture, un collier et
des bracelets du même genre. Sa provision de coquilles
faite, elle se remit en route, son petit panier au bras et
ayant toujours son bizarre accoutrement. Elle comptait
l'ôter lorsqu'elle serait près de l'établissement des bains
de mer; mais, avant d'y être arrivée, elle se vit tout à
coup entourée par la troupe enfantine que les bonnes faisaient promener sur la plage.

— Qu'elle est drôle ainsi! s'écria Anatole en lui saisissant les mains pour l'empêcher d'arracher ses humides
ornements. Ne dirait-on pas qu'elle est la fée de la mer?

— Petite fée, lui dit un autre, où est ta baguette magi-
que? Donne-nous-en un léger coup pour nous transporter
dans ton royaume.

YOLANDE. — Il y a de trop vilaines bêtes dans son
royaume, j'en aurais peur.

JULES. — Oh! moi, je ne me laisse pas effrayer pour si
peu de chose; avec un grand coup de bâton, je les enverrai
rouler par terre.

LOUISE. — Tu fais bien ton brave parce qu'il n'y en a
pas ici; mais je suis sûre que, si tu apercevais seulement
une de ces vilaines chatrouilles dont le vieux pêcheur
nous parlait hier, tu t'enfuirais bien vite.

LUCIE. — Qu'est-ce que c'est que ça, une chatrouille?

Poulpe, ou Pieuvre.

ANATOLE. — C'est une horrible bête qui vous saisit quand vous nagez, se colle après vous et vous suce le sang.

LUCIE. — C'est donc une espèce d'ogre marin?

JULES. — Si ce n'est pas un ogre, c'est un animal tout aussi fantastique. Ce sont des contes que le père Jean vous a faits là! Je suis sûr qu'il a seulement voulu s'amuser à vos dépens.

— Oh! non, monsieur, reprit Ida timidement. C'est bien vrai qu'il existe des chatrouilles, ou pieuvres, ou poulpes, car on les appelle de tous ces noms. J'en ai vu plusieurs fois que des pêcheurs avaient jetées sur la plage.

LES ENFANTS. — Tu les as vues, de tes yeux vues? Dis-nous vite alors comment elles sont faites. Est-il vrai qu'elles soient si horribles?

IDA. — Aussi affreuses que possible. Elles ont huit bras, aussi longs que les miens et garnis de petites ventouses, au moyen desquelles elles s'attachent à leur proie. Au milieu, elles ont, d'un côté une tête informe, avec de gros yeux et un bec tout enfoncé qui est dur et crochu comme celui d'un perroquet, et, de l'autre côté, elles ont une espèce de sac qui est, je pense, leur corps. Tout cela est mou, blanchâtre, gluant et fort dégoûtant, je vous assure. Elles détruisent beaucoup de crabes et de tourteaux, mais je n'ai jamais entendu dire qu'elles aient sucé le sang d'un homme. Cependant, si une des grosses s'attachait à un nageur, elle le ferait immanquablement périr.

LOUISE. — Je le crois bien! Rien que la peur qu'il en aurait suffirait pour le faire noyer. Quant à moi, je ne vais plus oser me baigner, je croirais voir partout de ces affreuses bêtes.

JULES. — Moi, je n'ai pas peur de ces monstres-là. Je veux être ton chevalier, parce que tu es plus jolie que toutes les autres petites filles. Tu verras comme je te défendrai contre les bêtes féroces, aussi bien de terre que de mer. Montre-moi seulement une de ces patrouilles, chatrouilles, citrouilles, je ne sais comment tu les nommes, et aussitôt je la percerai de ma lance.

ANATOLE. — Grand vantard ! Tu fais bien ton fameux, et au fond tu n'es qu'un poltron. C'est moi qui veux être le chevalier d'Ida. Voyons, pour mettre notre bravoure à l'épreuve, montre-nous une chatrouille, Ida ; montre-la-nous vite. Je brûle de me mesurer avec elle.

IDA. — Mais, monsieur, dans ce moment je ne sais où il y en a. Tenez, j'ai là, dans mon panier, un monstre beaucoup moins terrible, et cependant je veux bien accepter pour chevalier celui d'entre vous qui osera le prendre.

En disant ces mots, elle posa sur le sable un crabe dont le corps arrondi était gros comme la paume de la main. A peine l'a-t-elle lâché qu'il se sauve en courant de côté avec une grande rapidité. Les petites filles s'écartent effrayées, mais les garçons se mettent à sa poursuite.

Chaque fois qu'une de leurs mains s'approche de l'animal, celui-ci s'arrête et brandit au-dessus de sa tête deux fortes pinces roses. Jules le saisit vivement au moment où il allait se cacher sous une pierre.

— Aïe, aïe, aïe ! s'écrie-t-il en secouant avec force son

doigt, que le crabe avait saisi dans ses pinces et après
lequel il se tenait suspendu.

A force de se démener en poussant toujours des cris
perçants, il réussit à se débarrasser de son ennemi, qui,
tombé sur le sable, reprend sa fuite tortueuse. Jules, le
visage baigné de larmes, va faire panser par sa bonne son
doigt meurtri, pendant qu'Anatole s'apprête à tenter
l'aventure. Il s'y prit avec plus de prudence, et, choisissant

Crabe.

habilement son moment, il saisit l'animal par le corps, un
peu en arrière de ses terribles armes, et de manière à
l'empêcher d'en faire usage ; puis, fier et heureux comme
s'il eût vaincu un géant, il apporta son captif aux pieds de
la dame de ses pensées.

— Hourra pour Anatole ! Hourra pour la fée de la mer !
s'écrièrent les enfants d'une voix retentissante ; et aussitôt, s'emparant des deux bras d'Ida, ils l'entraînent
dans une course désordonnée et ne lui permettent de
s'arrêter que lorsqu'ils sont arrivés près de leurs parents,

qui les attendaient sous la tente. Là se renouvelle la scène
de la veille. Tous les messieurs, toutes les dames s'exta-
sient sur la beauté de la petite, encore rehaussée par
l'animation de la course et par la bizarrerie de sa parure,
et, quand on l'a assez caressée et flattée, on lui achète
toutes ses coquilles infiniment plus cher qu'elles ne valent.

Enivrée de joie et d'orgueil, l'enfant se retirait, impa-
tiente d'aller convertir en objets de toilette ses petites
pièces d'argent, lorsqu'elle entend une voix aigre et cassée
qui l'appelle. Deux vieilles dames, assises sur des chaises
un peu à l'écart, lui font signe d'approcher. Celle des
deux qui paraissait la plus âgée était très élégante, et les
couleurs voyantes de ses vêtements allaient fort mal avec
un visage jaune et ridé, dont l'expression n'avait rien
d'agréable. La seconde, au contraire, était simplement
mise, et, quoiqu'elle fût laide, il régnait dans toute sa
personne un air de bonté qui lui gagnait tout de suite
les cœurs.

— Allons! petite, arrive donc, dit la première dame
d'un ton impérieux. Je veux voir s'il est vrai que tu sois
si jolie. Depuis quelques jours, je n'entends chanter que
tes louanges; j'en ai les oreilles fatiguées.

Hum! hum! continua-t-elle en la prenant sous le men-
ton; elle n'est pas mal, mais le nez trop court! pas de
cachet, pas de race. J'étais mieux que cela à son âge.

La pauvre Ida, décontenancée par cet accueil inusité, se
tortillait et ne savait que devenir, lorsque la seconde
dame, prenant pitié de son embarras, lui donna une petite
tape d'amitié sur la joue, en lui disant :

— Madame la baronne te permet de te retirer, mon enfant, et souviens-toi d'une chose : c'est qu'il vaut encore bien mieux être bonne que belle.

— Vous parlez à votre aise de la beauté, mademoiselle Julie, reprit sèchement la baronne ; on voit bien que vous n'avez jamais su ce que c'était.

— C'est vrai, madame, je n'ai jamais été jolie ; mais, quand même je l'aurais été, je n'en persisterais pas moins à croire que c'est un malheur pour cette petite d'avoir un si charmant visage.

Le portrait d'Ida.

Ida n'entendit pas le reste de la conversation, parce qu'à ce moment elle fut accostée par deux jeunes gens, dont l'un, à la moustache bien cirée et au lorgnon dans l'œil, lui demanda d'un air gracieux si elle avait encore quelque chose à vendre.

— Non, monsieur, lui répondit-elle ; il ne me reste plus de coquilles.

— Et un baiser, combien le fais-tu payer ?

— Oh ! dit Ida en riant, je ne vends pas de cette marchandise-là.

— Tu as mille fois raison, reprit le second jeune homme (celui-là avait de longs cheveux blonds et une

barbe roussâtre). Si tu veux, je t'indiquerai un moyen
plus honnête de gagner une pièce de cinq francs. Consens
seulement à poser pour que je fasse ton portrait et je t'en
donnerai une belle toute neuve.

Ne sachant trop s'il parlait sérieusement, l'enfant le
regarda timidement :

— Mon portrait! Est-ce ici sur la plage que vous le
feriez?

— Non, dit l'artiste, c'est dans ma chambre; je ne puis
peindre ici.

Puis, voyant qu'elle branlait la tête d'un air effarouché,
il reprit :

— Au fait, je puis toujours t'esquisser ici au crayon, je
te peindrai de mémoire. Quelle ravissante petite nymphe
tu feras! C'est convenu, n'est-ce pas? Demain, tu viendras
poser.

Ida ouvrait déjà la bouche pour répondre, lorsque tout
à coup elle tressaille et une pâleur mortelle couvre son
visage. C'est qu'à son oreille viennent encore de retentir
ces mots, les derniers qu'elle eût entendu prononcer par sa
mère mourante : « Pauvre enfant! pauvre malheureuse
enfant! »

Ce son de voix, cet accent de tristesse, tout lui rappelle
cette mère chérie, et, troublée au dernier point, elle s'en-
fuit, renversant presque sur son passage le vieux monsieur,
qui, sans qu'elle s'en fût doutée, était arrêté près de là et
avait entendu sa conversation avec les jeunes gens.

Le lendemain, lorsqu'elle reparut sur la plage, cette
impression pénible s'était déjà en grande partie effacée.

de son esprit, et la petite coquette ne put résister ni aux
instances du jeune artiste, ni surtout à la vue de la pièce
de cinq francs, qui pour elle représentait tant de brillants
colifichets; elle consentit à poser, et depuis ce jour, tous
les moments dont elle pouvait disposer, elle les passa sur
la plage, tantôt vendant des coquilles, tantôt posant et
toujours cherchant à se faire admirer. Tout l'argent que
son père lui donnait et tout celui qu'elle gagnait elle-
même était aussitôt dépensé pour sa toilette. Aussi eût-
elle bientôt ajouté à sa robe lilas un joli tablier, des souliers neufs, un mouchoir de cou et le chapeau de paille
tant désiré. Un certain bon goût inné lui faisait éviter tout
ce qui était laid et pouvait lui aller mal, de sorte que son
ami le peintre lui-même ne trouvait pas grand'chose à
redire à sa mise. Sa timidité ne tarda pas à disparaître;
elle répondait hardiment et souvent avec esprit à tous les
propos qu'on lui adressait; aussi devint-elle un amusement
pour tous les oisifs qui cherchaient à tuer le temps entre
leurs bains. Laissons-la un instant jouir de ses triomphes
et s'enivrer de l'encens de la flatterie, et jetons un coup
d'œil en passant sur son ancienne camarade, la belle
Rosalie, la fille de l'épicier Loriot.

Déconvenue de la famille Loriot.

C'est dimanche et jour de fête; les boutiques de la
petite ville de L... sont fermées et le soleil brille dans
toute sa splendeur. Le bonhomme Loriot se promène de
long en large devant sa maison. Sur sa grosse figure rou-
geaude se lit le mécontentement : c'est que, depuis le
matin, sa femme et surtout Rosalie le tourmentent pour
les mener promener sur les bords de la mer, afin de voir
les Parisiens et les étrangers qui y sont en si grand nombre
cette année; et voilà une heure qu'il a endossé l'habit de
noce devenu trop étroit, le grand gilet à carreaux et le
pantalon verdâtre, que sa grosse montre est dans son
gousset et que ses breloques battent sur son ventre, et
ces dames ne paraissent pas. Elles sont enfermées dans
leur chambre, absorbées par les soins de leur toilette, et
rien ne peut les en faire sortir. Il a beau s'impatienter,
jeter du gravier dans les vitres de leur fenêtre et les
appeler à tue-tête, rien n'y fait.

Enfin, n'y pouvant plus tenir de chaleur et de vexation,
il se laisse tomber lourdement sur un banc et, au même
moment, la porte s'ouvre.

A la vue des brillantes toilettes de sa femme et de sa
fille, les reproches meurent sur les lèvres du bonhomme
et il demeure ébloui. Ébloui est bien le mot, car les yeux,

blessés par le contraste des couleurs voyantes qui parent
ces dames, sont forcés de se fermer, ne pouvant en supporter l'éclat.

La mère Loriot a mis un chapeau chargé de rubans
verts, de fleurs cerise et de marabouts blancs, le tout
accompagné de blondes et de chenille. Son châle bigarré
retombe en plis majestueux sur une robe sang de bœuf
qui, bien qu'elle soit en mérinos, fait sa parure des beaux
jours aussi bien en été qu'en hiver.

Rosalie a une robe écossaise, verte et rouge, un chapeau couvert d'une profusion de petits rubans bleus, un
châle tirant sur le jaune et une ombrelle lilas. Jamais
marquises ou duchesses ne se sentirent si fières et si
pimpantes que nos deux promeneuses.

Lorsqu'ils arrivèrent tous trois près du bord de la mer,
ils furent étonnés de l'aspect animé que présentait ce
quartier, naguère si triste. De tous côtés, on voyait des
petites boutiques de costumes de bains, de coquillages,
de jouets d'enfants, et au milieu circulaient sans cesse
une foule de belles dames et de beaux messieurs. Rosalie
se retournait pour suivre des yeux chaque étrangère,
avait bien de la peine à retenir des exclamations de surprise à la vue des toilettes des Anglaises et des Parisiennes. Généralement, après un court colloque avec sa
mère, elle en arrivait à la conclusion qu'aucune de ces
dames n'était aussi bien mise qu'elle, parce qu'aucune
n'avait réussi à mettre sur sa personne tant d'objets différents ni des couleurs si variées.

Sur la plage même, son attention fut vivement attirée

par un groupe nombreux, du milieu duquel s'élevaient de
bruyants éclats de rire. Elle s'approche, regarde, puis,
faisant signe à ses parents, elle leur montre, d'un air de
profonde stupéfaction, la scène qui se passait devant elle.

— Regardez, leur dit-elle, à demi-voix, là, au milieu
de tous ces beaux messieurs! N'est-ce pas Ida, la fille du
père Thibaut, ma camarade d'école?

— Ce n'est pas possible, dit la mère; pourtant, c'est
bien elle, je la reconnais; mais que fait-elle là, avec ses
cheveux flottants? Vois donc, elle a une couronne d'herbes marines sur sa tête, et son cou et ses bras nus sont
ornés de colliers et de bracelets en coquillages.

— Elle est jolie comme un amour, dit l'épicier, et le
plus singulier c'est qu'elle ne paraît pas intimidée du tout;
elle rit et parle avec ces jeunes gens comme si elle avait
toujours vécu au milieu d'eux.

— Je comprends ce que c'est, dit tout à coup Rosalie.
On lui fait son portrait; ce jeune homme avec une barbe
pointue la regarde, puis dessine. Comme elle a l'air fière!
Il n'y a pas de danger qu'elle daigne nous dire bonjour.
Et pourtant son père n'est guère mieux qu'un mendiant.

Cette réflexion charitable montre assez que les sentiments de haine et d'envie s'étaient glissés dans le cœur
de la fille du riche épicier.

Ses parents allèrent s'asseoir à quelque distance sur les
galets, mais Rosalie ne put se décider à s'éloigner du
groupe : une force inconnue la retenait clouée à sa place.

— Il faut que j'attire leur attention, disait-elle, il faut
que ces messieurs me regardent. Quand ils nous auront

comparées, ils ne s'occuperont plus de cette petite va-
nu-pieds.

— Bonjour, Ida, cria-t-elle à haute voix ; comment te
portes-tu aujourd'hui ?

— Qui avons-nous là ? dit un des jeunes gens en se
retournant. Oh ! oh ! quelles brillantes couleurs ! Dites-
nous, charmante Ondine, n'est-ce pas un beau perroquet
échappé de vos jardins, jaune, rouge et vert ? Ce doit être
un ara.

Ida partit d'un éclat de rire, puis répondit en conti-
nuant à rire :

— Mais non, ce n'est pas un perroquet, c'est Rosalie,
la fille de l'épicier Loriot.

— Je n'étais donc pas si loin de la vérité, reprit le
peintre ; un loriot est toujours un oiseau à l'éclatant plu-
mage. Qu'y a-t-il pour votre service, mademoiselle Loriot ?
Venez-vous nous proposer de la mélasse ou des chandel-
les ? Je vous avertis qu'un paquet de cigares ferait mieux
notre affaire.

Rosalie, pâle d'indignation, ne trouvait pas un mot à
répondre. Au lieu de prendre en pitié son embarras, la
coquette Ida se mit à dire d'un air malin :

— Ce n'est pas cela qu'elle veut. Je parie qu'elle désire que M. Léonard fasse aussi son portrait, car, dans la
ville, beaucoup de personnes la trouvent plus belle que moi.

— Est-ce bien possible ? Voyons donc cette merveille !

Et le peintre Léonard, interrompant un moment son
travail, rejeta en arrière sa longue chevelure et fixa des
yeux hardis sur la pauvre Rosalie.

— Quelle hérésie ! s'écria-t-il, trouver cette grosse
fille plus belle que ma séduisante nymphe ! Primo, pour
pouvoir la juger, il faudrait la dégager de ces criards
brimborions dont les tons heurtés blessent mes paupières
délicates. Voyons ! cela fait, que nous reste-t-il ? Eh, mais
vraiment, une assez belle fille. Beau type de vachère.
Elle a les extrémités de l'emploi. Regardez donc ces
grosses mains et ces larges pieds... Tenez mieux votre
baguette, Ida, ma mignonne, je suis justement en train
de peindre vos doigts effilés. Mademoiselle Loriot aime-
rait-elle mieux être représentée en cuisinière, avec un
arrière-plan de pots et de casseroles ? Elle ne ferait pas
mal ainsi.

Sans répondre à ces moqueurs discours, la pauvre fille
s'éloigna précipitamment en pleurant de dépit, et sa
retraite fut saluée par force éclats de rire. Les impitoya-
bles railleurs, mis en veine par cet incident, ne tardèrent
pas à trouver un nouvel aliment à leur gaieté. La douce
et simple Nancy, dans son modeste habillement de tous
les jours, eut la mauvaise inspiration de mener promener
de leur côté ses trois petits frères. Sa laideur ne manqua
pas d'attirer aussitôt leur attention et ils l'assaillirent
d'une nuée de quolibets. Ida, bien qu'elle vît le chagrin se
peindre sur le visage de son amie, ne chercha pas à
retenir ces jeunes fous ; loin de là, les excitant par ses
réparties, elle se gardait bien de leur dire que cette
enveloppe disgracieuse cachait une âme mille fois plus
belle que la leur.

Le vieux monsieur.

Jamais la vaniteuse enfant ne s'était sentie si fière et si
heureuse. Entourée d'une troupe de flatteurs toujours
prêts à admirer jusqu'à son moindre mot, enviée de ses
compagnes et même des élégantes Parisiennes, n'était-elle
pas semblable à une reine? Mais pourquoi tout à coup
son regard si animé se voile-t-il de tristesse? Pourquoi
ce tressaillement? Pourquoi enfin, prétextant la fatigue,
s'éloigne-t-elle à pas précipités de sa cour étonnée?
C'est qu'une fois encore les mots mystérieux, les mots
qui lui semblent être l'écho des paroles de sa mère mourante, ont été prononcés doucement à son oreille:
« Pauvre enfant! O pauvre malheureuse enfant! » L'esprit
agité de pensées tumultueuses, la petite fille prend le
chemin de sa grotte. Là, assise sur un quartier de roc,
les yeux fixés sur l'océan dont les eaux limpides étaient
en ce moment aussi calmes que celles d'un lac, elle
repasse dans sa mémoire tous les événements de sa
courte vie, cherchant à y trouver la solution de l'énigme
qui l'occupe, l'explication des mémorables paroles. Sans
doute, au moment de la mort de sa mère, elle était bien
à plaindre. Il était naturel que celle-ci eût dit: « Pauvre
enfant! » lorsqu'elle la laissait au sein de la misère, seule,
avec un père dont la douleur avait anéanti le courage.
Mais maintenant quelle différence! se disait-elle. Nous

avons de l'argent, car mon père m'en donne chaque fois
que je lui en demande ; puis moi-même j'en gagne en
vendant mes coquilles. Je suis très bien habillée, plus
jolie qu'aucune des autres petites filles de l'endroit et
tout le monde m'aime, me flatte, m'admire ; que me
manque-t-il donc ? En vérité, si seulement je voyais mon
père gai et joyeux comme autrefois, je serais la personne
la plus heureuse de toute la terre.

Mais alors, pourquoi le vieux monsieur me plaint-il ?
Ah ! ce vieux monsieur, je le déteste, je voudrais qu'il
fût bien loin d'ici, il gâte tous mes plaisirs. En disant
ces mots, Ida, impatientée de ne pouvoir trouver une
réponse aux nombreuses questions qu'elle se posait, se
leva et reprit le chemin de sa cabane. Toute la nuit, elle
rêva au vieux monsieur, à sa mère, les confondant sans
cesse l'un avec l'autre ; puis, quelquefois, elle revoyait
aussi en songe le regard empreint de tristesse et de
reproche que la pauvre Nancy lui avait lancé lorsque les
jeunes gens se moquaient d'elle. Ne pouvant réussir à
trouver le repos, notre fillette se lève avec le soleil et, prenant son panier à son bras, elle se met en route pour aller
faire sa récolte de curiosités marines. Le moment était
bien choisi, la mer excessivement basse laissait à découvert des rochers qui ordinairement sont cachés dans son
sein. Il était probable qu'en se retirant elle avait laissé
plus d'un trésor dans leurs anfractuosités.

A cette heure matinale, Ida fut surprise d'apercevoir un
étranger sur la grève. Elle ne tarda pas à le reconnaître :
c'était le vieux monsieur. Lorsqu'elle arriva près de lui, il

A cette heure matinale, Ida fut surprise d'apercevoir un étranger sur la grève.

venait de s'asseoir sur un rocher et examinait un coquillage avec tant d'attention qu'il ne s'aperçut pas de l'approche de l'enfant.

Surexcitée par la nuit fiévreuse qu'elle venait de passer, Ida se résolut à surmonter la frayeur superstitieuse qu'il lui inspirait et à lui faire la question qui depuis si longtemps brûlait ses lèvres. Lorsqu'il releva la tête et qu'il l'aperçut, immobile devant lui, il lui demanda doucement:

— Que me veux-tu, mon enfant?

A l'ouïe de cette voix, tout son courage s'évanouit et, troublée, rougissante, elle eut de la peine à balbutier ces mots:

— Monsieur, je voulais vous demander... J'aimerais bien savoir pourquoi vous avez toujours l'air de me plaindre. J'ai d'abord cru que c'était parce que j'étais pauvrement habillée, ajouta-t-elle un peu plus hardiment; mais maintenant, je ne le suis plus, et d'ailleurs, il y a quelques jours, je vous ai vu rencontrer Nancy, qui était toute déguenillée et qui traînait après elle ses trois petits frères, et vous ne lui avez pas dit: pauvre enfant! Cependant.....

Le Monsieur. — Tu n'oses achever ta pensée, mon enfant, mais je la devine. Cependant, veux-tu dire, Nancy est pauvre et bien laide, tandis que moi je suis très jolie, si jolie que toutes ces belles dames me protègent et m'envient ma beauté. N'est-ce pas cela?

— Oui, monsieur, dit Ida en baissant les yeux.

Le Monsieur. — Tu serais donc bien surprise si je te disais que c'est justement à cause de ta beauté que je te

5

plains. Tu me regardes avec de grands yeux étonnés, tu
ne me comprends pas. Voyons, assieds-toi là, près de
moi, et je vais tâcher de rendre ma pensée aussi claire
que possible. Dis-moi, sais-tu lire?

— Oh oui ! monsieur, déjà depuis longtemps.

— Et as-tu jamais lu ou appris une fable nommée
Grillon et le Papillon ?

— Non.

— Eh bien! écoute, je vais te la raconter :

Par un beau jour d'été, un papillon volait dans une
prairie émaillée de fleurs; ses ailes étaient ornées des
plus brillantes couleurs. Plein d'admiration pour lui-même,
il se sentait fier et heureux de sa beauté; tout à coup, il
aperçut dans l'herbe une petite bête noirâtre qui était
occupée à chercher sa nourriture. C'était un grillon.

— Pauvre malheureux! comme je te plains d'être si
laid! Le ciel t'a bien mal partagé; il ne t'a donné ni
talents, ni beauté, tandis que moi j'ai l'un et l'autre. Il
n'avait pas achevé ces mots qu'une troupe d'enfants arrive
dans la prairie. Ils passent devant le grillon sans l'apercevoir, mais aussitôt qu'ils ont aperçu le papillon ils
s'élancent à sa poursuite. Ils l'attrapent bientôt, et, voulant tous l'avoir, ils se l'arrachent des mains et mettent en
pièces les brillantes ailes de la pauvre bête.

IDA. — Monsieur, je crois comprendre ce que vous
voulez dire. Le papillon, c'est moi, et le grillon, c'est
Nancy; mais qui sont les enfants qui doivent me déchirer?

LE MONSIEUR. — Tu as à craindre deux espèces d'ennemis : les uns en veulent à ton corps, les autres à ton

âme. Ces derniers sont les plus dangereux, mais, pour
bien le comprendre, je désire que tu répondes à quelques
questions que je vais te poser.

Madame la baronne est-elle encore jolie ?

IDA. — Oh! monsieur! vous voulez vous moquer de
moi; vous savez bien qu'elle est très laide. On n'est jolie
que quand on est jeune.

LE MONSIEUR. — Oui, jusqu'à l'âge de trente-cinq à qua-
rante ans, et encore faut-il que la maladie ou un accident ne viennent pas vous ravir votre beauté avant ce
moment-là. On a vu de très jolies personnes rendues très
laides par les ravages de la petite vérole, le temps, les
accidents, les maladies. Voilà donc les enfants prêts à
déchirer ta fragile beauté. Voilà les ennemis de ton corps.
Jusqu'à présent, ta vie a été celle du papillon; tu as passé
tout ton temps à jouir du soleil, à t'admirer toi-même,
à te faire admirer des autres. Ne crains-tu pas de lui
ressembler aussi dans la suite de son histoire? Lorsque
le pauvre insecte, demi-mort et privé de tous les avan-
tages dont il était si fier, fut tombé sur l'herbe, à côté
du grillon, celui-ci lui dit :

— Te voici maintenant semblable à moi. Il te reste des
pattes, une trompe. Travaille, ramasse ta nourriture, fais
le nid de tes enfants, et tu seras encore heureux. Hélas!
le papillon ne savait rien faire de tout cela ; le moindre
brin d'herbe l'arrêtait et lui semblait une barrière infran-
chissable. Il languit, puis mourut misérablement, sans
avoir pu se consoler de la perte de la seule chose qu'il
eût jamais aimée : sa brillante parure. La baronne de

D. est un exemple frappant qui vient à l'appui de ce que je te raconte là. Comme toi, elle a été remarquablement belle; comme toi et plus que toi, car elle était noble et riche, elle a été entourée d'admiration, adulée par des flatteurs. Elle était si jolie qu'on n'avait pas le courage de lui faire le moindre reproche; si jolie, qu'il semblait impossible de lui rien refuser, et ainsi elle a vécu dans l'idée qu'il lui suffisait d'être jolie, et a oublié que, quand sa beauté serait passée, il lui resterait encore de longues années à vivre. Et peu à peu elle est devenue... ce que tu vois maintenant.

IDA. — Oui, un vilain papillon sans ailes, et bien méchant encore. Je l'ai entendue plus d'une fois rudoyer cette bonne Mlle Julie, qui, bien que vieille aussi, a pour tous une figure si agréable.

LE MONSIEUR. — Mlle Julie n'a jamais été jolie, elle n'a donc pas été tentée de se faire une idole de sa propre personne. Dès sa jeunesse, elle a suivi le précepte : aime ton prochain comme toi-même. Aussi, à mesure que son corps vieillissait, sa bonté devenait toujours plus douce et plus sérieuse, et c'est elle, maintenant, que tu vois rayonner au travers de ses traits flétris.

IDA. — Je ne voudrais pourtant pas ressembler à madame la baronne. Elle a une si triste vieillesse; personne ne l'aime.

LE MONSIEUR. — Ce n'est que justice, car elle n'a jamais aimé personne. Ma petite Ida comprend-elle à présent quelle est la seconde série d'ennemis, ennemis mille fois plus à craindre que le temps et les maladies?

IDA. — Je vois bien, monsieur, que ce sont ceux qui veulent rendre l'âme méchante ; mais quels sont-ils ?

LE MONSIEUR. — Ce sont ces gentils enfants, ces jolies dames, ces beaux messieurs, tes parents, tes voisins peut-être ; en un mot, tous ceux qui t'admirent et louent ta beauté. Ils n'ont pas l'intention de te faire du mal, et ils te verseraient une coupe de poison qu'ils ne t'en feraient pas davantage. Le poison ne ferait mourir que ton corps, et leurs louanges corrompent ta vie et tuent ton âme. C'est pourquoi, lorsque je les entends, je ne puis m'empêcher de te plaindre et de dire : Pauvre enfant ! pauvre malheureuse enfant !

Le vieux monsieur parlait avec feu et sentiment. Entraîné par sa pensée, il oubliait presque que c'était à une pauvre fille sans éducation qu'il s'adressait ; mais Ida n'était pas une enfant ordinaire ; son intelligence était presque aussi remarquable que sa beauté. Captivée par tout ce que ce langage avait de nouveau pour elle, elle l'écoutait avec la plus grande attention. Après un moment de silence, elle dit d'une voix tremblante d'émotion :

— Mais, monsieur, est-ce donc impossible d'être à la fois bonne et jolie ?

LE MONSIEUR. — Loin de moi cette pensée, mon enfant.

IDA. — Oh ! je vous en prie, dites-moi ce qu'il faut que je fasse pour ne pas devenir comme madame la baronne.

LE MONSIEUR. — Une jolie fille qui se voit adulée par tous ceux qui l'entourent se laisse facilement entraîner à s'admirer elle-même, au point qu'elle finit par faire de sa personne une idole à laquelle elle sacrifie tout le reste de l'univers. Voilà la grande tentation contre laquelle tu dois lutter, et, pour cela, il faut aimer en dehors de toi-même. Ne connais-tu personne à qui tu puisses te rendre utile ? Car il ne s'agit pas simplement d'aimer dans son cœur, mais d'agir, de se sacrifier au bonheur des autres. As-tu des frères ou des sœurs ?

IDA. — Non, monsieur, je n'ai que mon père en fait de parents. Je l'aime beaucoup, mais, en vérité, je ne sais trop ce que je pourrais faire pour lui être utile.

LE MONSIEUR. — Et tenir son ménage, raccommoder ses hardes, nettoyer la maison, ne sont-ce pas là des devoirs qu'une fille de ton âge peut remplir ? Sois persuadée que si, jusqu'à présent, tu n'as pas trouvé d'occasions de te rendre utile, c'est que tu ne les a pas véritablement cherchées. Réfléchis à tout ce que je t'ai dit, et, si jamais tu as besoin de quelque conseil, viens hardiment me trouver. Je serai très heureux de pouvoir te rendre service.

— Je vous remercie beaucoup, monsieur, et maintenant que je n'ai plus peur de vous je viendrai certainement vous demander votre avis quand quelque chose m'embarrassera. En disant ces mots, Ida s'éloigna en lui faisant une gentille révérence.

Réflexions.

Il était trop tard pour aller à la grotte avant l'heure de l'école ; elle reprit donc, toute pensive, le chemin de la ville. Que d'idées nouvelles préoccupaient son esprit ! Cette beauté dont, jusqu'à présent, elle avait toujours été si fière, fallait-il réellement la regarder comme un malheur ? Était-ce mal de vivre comme elle le faisait, rapportant tout à elle-même, sans s'inquiéter du bonheur des autres ? C'étaient là de graves questions, et elle ne les avait pas encore résolues lorsque, après l'école, elle revint sur la grève. La journée avait été très chaude, mais la soirée était délicieuse. De nombreux groupes de baigneurs se promenaient au bord de la mer et respiraient avec bonheur ses fraîches émanations.

Ida était devenue la favorite de tout le monde ; aussi, chaque fois qu'elle passait devant un de ces groupes d'oisifs, il se trouvait quelqu'un pour lui adresser la parole. Elle répondait poliment, mais ce soir-là, au lieu de s'arrêter à causer, elle pressait le pas, sentant un vague besoin de solitude. Lorsqu'elle eut dépassé tous les promeneurs, elle s'assit sur le galet et se mit à réfléchir. Elle fut bientôt distraite par un mouvement qui se produisit à ses pieds dans un tas de débris marins, jetés là par des pêcheurs. Plusieurs assez grosses coquilles de buccins se trouvaient mêlées avec des varechs et des bouts de cordes. Au moment où elles attirèrent l'attention de l'enfant, l'une d'elles se trémoussait avec assez de vivacité. Ida savait que l'animal dont elles font partie peut marcher à la façon des limaçons, mais jamais elle n'en avait vu sauter ainsi. Elle s'approche, se baisse et aperçoit

Buccin ondé.

deux grosses pinces et une espèce de tête d'écrevisse qui sortent de l'ouverture.

— Oh ! dit-elle, c'est un Bernard l'Ermite. Mais pourquoi secoue-t-il ainsi sa maison ? Ah ! le voilà qui en sort.

Bernard-l'ermite.

Pauvre bête, comme sa queue paraît tendre et délicate ! Les homards et les crabes ont une si dure cuirasse, et lui n'a qu'une peau molle et transparente. Si un de ses ennemis le voyait maintenant, il serait bien vite croqué.

Imprudent ! Pourquoi sors-tu de ta maison ? Le voilà qui
s'approche d'une autre coquille, il fouille dedans avec ses
pinces et en retire de petits morceaux noirs. Est-ce pour
les manger ? Non, il les jette, puis se retourne et fourre
sa queue dedans. Bravo, il est de nouveau en sûreté, et
dans une plus grande maison encore ! Il est probable que
l'autre était devenue trop petite et que c'est pour cela
qu'il a changé. Comme il a de l'esprit, n'ayant pas de
cuirasse naturelle, d'y suppléer en prenant celle des
autres !

Le sauvetage des petits chiens.

Ida était plongée de nouveau dans de graves médita-
tions, lorsqu'un autre incident vint encore l'en tirer. Des
pas rapides s'approchaient d'elle et, en même temps, il
lui sembla entendre des gémissements. Effrayée, elle
relève vivement la tête et aperçoit un grand domestique
en livrée, à la figure assez dure, qui passait à quelque
distance d'elle, tenant un paquet blanc à la main. Les
gémissements se faisaient toujours entendre et paraissaient sortir de ce paquet.

Au bout de quelques instants, l'homme disparut derrière les rochers, puis il revint, mais il n'avait plus rien
à la main.

La curiosité d'Ida fut vivement excitée par cet incident,
et aussitôt elle se dirigea vers l'endroit où le domestique

avait été, espérant y découvrir des traces du paquet disparu. A peine avait-elle fait quelques pas qu'elle fut
presque culbutée par un animal assez gros qui, flairant le
sable, la dépassa en courant avec rapidité. Il se dirigeait
vers le même endroit qu'elle, et bientôt les gémissements
recommencèrent, plus forts qu'avant. Partagée entre la
frayeur et la curiosité, la petite fille s'arrêta et se demanda :
« Est-ce prudent d'aller toute seule par là ? Je vais peut-être
y voir un enfant égorgé par ce vilain homme, ou quelque
horrible spectacle de ce genre. Et puis cette bête, qui sait
si ce n'est pas un loup qui m'attend pour se jeter sur moi ?
Décidément, il vaut mieux me sauver bien vite à la maison ; voici la nuit et papa doit être rentré. Ah ! encore des
gémissements ! comme ils sont plaintifs ! Peut-être aussi
est-ce là une de ces occasions de me rendre utile dont le
vieux monsieur me parlait, et alors ce serait mal à moi
de la négliger. Quel bonheur si je pouvais sauver quelqu'un, un pauvre petit enfant surtout ! »

Et aussitôt, surmontant la frayeur qui avait pâli son
visage, la brave petite avance vivement et tourne un
grand rocher dont la base se baignait dans la mer.

Là, un spectacle à la fois triste et touchant s'offre à ses
yeux. Plusieurs petits animaux qu'elle reconnut pour des
chiens, âgés de quelques jours seulement, se débattaient
dans les flots ; leurs faibles pattes faisaient des efforts
convulsifs pour les soutenir sur l'eau. Au milieu d'eux,
une belle chienne de chasse flairait, en gémissant, tantôt
l'un, tantôt l'autre. Son cœur maternel semblait ne pouvoir se résoudre à sauver l'un aux dépens des autres ; enfin,

La chienne sort son petit de l'eau et va le déposer aux pieds d'Ida.

elle se décide et, saisissant délicatement dans ses fortes
mâchoires le cou du plus rapproché, elle le sort de l'eau
et va le déposer aux pieds d'Ida. L'enfant se recule
effrayée, mais la pauvre bête attache sur elle un regard si
triste et si éloquent que, toute hésitation cessant, elle
prend le petit innocent qui gisait à ses pieds et répond,
comme elle l'aurait fait à une personne : Va, sois tranquille, j'en aurai bien soin.

Elle s'assied par terre, le met sur ses genoux, l'essuie
avec son mouchoir, le frotte et le réchauffe. Pendant ce
temps, la chienne est retournée à l'eau, elle en rapporte
un second et le pose près d'Ida; mais, hélas! quand elle
retourne encore, les autres ont disparu, ils n'ont pu se
soutenir plus longtemps et les vagues les ont entraînés
dans leurs abîmes. La pauvre mère redouble ses cris
plaintifs. Mais Ida, l'appelant près d'elle, lui montre ses
deux petits qui, déjà à moitié séchés, rampaient sur les
genoux de leur protectrice et fourraient leur petit nez
rose entre ses mains mignonnes. La bonne bête les
retourne, les lèche et, se couchant par terre, elle semble
inviter Ida à les placer près d'elle. Celle-ci le fait et, pendant que ses protégés achèvent, par un bon repas, de
reprendre leurs forces, elle caresse la tête de la mère et
lui dit :

— Ma pauvre bête, c'est sans doute ce vilain domestique qui a voulu noyer tes enfants, et toi, tu t'es échap-
pée et tu l'as suivi. Quel bonheur que je me sois trouvée
là pour les soigner, ces chers petits mignons! Oui, mais
maintenant que vais-je en faire? Je ne puis pas les laisser

là, et ensuite ils ne m'appartiennent pas. Voyons si la
chienne a un collier. Non, elle n'en a pas! Ainsi, impossible de savoir à qui elle est. Tu me lèches la main, ma
bonne bête, et tu me regardes comme si tu me comprenais.
Va! sois tranquille, je ne t'abandonnerai pas, ni tes chers
petits non plus. Je vais tous vous emmener à la maison.
Ils ont fini de téter maintenant, je vais les prendre dans
mes bras et les envelopper dans mon tablier.

Cela fait, elle se mit en route, accompagnée de la
chienne, qu'elle avait déjà baptisée Cybèle, et qui sautait
et gambadait autour d'elle.

La nuit étant tout à fait close, la plage était déserte et
l'enfant put rentrer à la maison sans être vue de personne.
Avant l'arrivée de son père, elle eut encore le temps d'installer sa nouvelle famille dans une grande corbeille remplie de paille et de mettre chauffer le souper préparé
d'avance par Mélanie.

Quand Thibaut arriva, en compagnie de Pinsard, Cybèle
se mit à grogner, puis à aboyer bruyamment.

— Qu'est-ce que cela? dit Thibaut, un chien ici! Ida,
où as-tu été chercher cette bête? Je ne veux pas de chien,
entends-tu? Renvoie-le immédiatement.

IDA. — Oh! papa, je vous en prie, écoutez d'abord l'histoire de cette pauvre bête, et après je suis sûre que vous
me permettrez de la garder. Voyez donc, elle vous suit et
ne dit déjà plus rien.

PINSARD. — La petite sorcière veut-elle nous faire découvrir avec son chien? Il ne doit pas y en avoir ici.

Thibaut. — Je le sais aussi bien que toi, mais laisse-la seulement raconter son histoire.

Ida leur dit en peu de mots ce qui lui était arrivé. A peine avait-elle terminé son récit, que Pinsard, s'avançant vers le coin où était le panier de Cybèle, s'écria :

— Quoi! il y a des petits aussi! En ce cas, nous ne parviendrons pas à nous débarrasser de cette malheureuse bête. Le seul moyen est de les tuer tous; et déjà il saisissait un des pauvres petits innocents, lorsque Ida s'élança vers lui en poussant un cri perçant; excitée par son exemple, la chienne grogna en montrant une rangée de dents si formidables que Pinsard trouva plus prudent de lâcher sa prise et de reculer vivement. La petite fille se jeta alors dans les bras de son père et le supplia, en pleurant à chaudes larmes, de lui permettre de garder les chiens dans la cabane jusqu'au lendemain matin. — Je vous promets, ajouta-t-elle, qu'alors je trouverai un moyen de les éloigner et que vous ne les reverrez plus.

— Jusqu'à demain, soit, lui fut-il répondu, mais pas plus longtemps.

— Cette petite te fait faire tout ce qu'elle veut, dit Pinsard, en se mettant à table d'un air bourru.

Les deux hommes soupèrent, servis par l'enfant qui, n'ayant pas faim, donna toute sa portion à sa nouvelle compagne. Ensuite elle se coucha, mais le sommeil fuyait ses paupières; elle était trop préoccupée du sort de Cybèle et de sa famille. Lorsqu'elle avait promis à son père de les éloigner le lendemain matin, elle n'avait pas de plan arrêté. Tout à coup, l'idée lui vint de les installer dans sa

grotte. Personne ne viendra les déranger là, se dit-elle,
car je crois bien être la seule à connaître cet endroit, tant
il est difficile d'y arriver.

Cybèle dans la grotte.

Dès que le jour parut, elle se leva et se mit à tout préparer pour l'exécution de son plan. Cybèle l'accueillit
avec des transports de joie. Elle la léchait, se mettait sur
le dos, remuait la queue et semblait lui montrer avec
fierté ses deux nourrissons qui, en effet, se portaient à
merveille. L'enfant déposa un baiser sur chacun de leurs
frais petits museaux roses et les mit dans son tablier. Elle
fit signe à la mère de la suivre, et, ayant à son bras son
panier plein de croûtes de pain et autres provisions, elle
prit gaiement le chemin de la grotte.

Chargée comme elle l'était, elle eut un peu de peine à y
arriver. Au moment où le chemin devenait le plus escarpé,
craignant de laisser tomber son précieux fardeau, elle posa
son panier à terre, comptant revenir le prendre; mais à
peine avait-elle fait quelques pas qu'elle vit Cybèle qui,
toute fière de sa prouesse, l'avait pris dans sa gueule et la
suivait en le portant gravement :

— Bravo, Cybèle ! Bravo, ma gentille chienne ! Tu n'es
pas paresseuse, toi. Est-ce aussi le vieux monsieur qui
t'a appris qu'on devait chercher à se rendre utile? Nous

voici arrivés. Donne-moi le panier et garde tes enfants
pendant que je vous prépare un lit.

Sur cette plage, on trouvait en abondance ce varech à
feuilles minces, étroites et longues, dont on se sert pour
faire des oreillers et des matelas d'enfants. Ida en avait
porté précédemment un gros tas dans la grotte et s'en
était formé un canapé assez moelleux.

En un tour de main, le canapé fut métamorphosé en
une couche sur laquelle Cybèle s'établit avec des signes
évidents de satisfaction. L'enfant plaça à sa portée des
morceaux de pain et un vase plein d'eau qu'elle avait été
chercher à la source. Puis, après mille caresses et maintes
promesses de revenir les voir le soir même, elle prit congé
de ses intéressants protégés.

Lorsqu'elle fut descendue sur la grève, elle se mit à courir
et à sauter, car elle se sentait plus gaie et plus heureuse
qu'elle ne l'avait jamais été. Et cependant personne ne l'avait
admirée ce jour-là ; on ne lui avait pas fait de compliments
et, chose bien extraordinaire, elle n'avait ni jeté un regard
sur son petit miroir, ni pensé un seul instant à sa jolie
figure. Qu'était-ce donc qui la rendait si joyeuse? C'est
que, bien qu'elle ne se fût encore rendue utile qu'à de
pauvres animaux, cependant elle avait fait un premier pas,
quelque petit qu'il fût, pour sortir de cette voie d'égoïsme
dans laquelle elle marchait depuis sa naissance. Sachez-le
bien, mes enfants, le sentiment d'une bonne action
entraîne toujours après lui une joie intime plus douce
mille fois que celle que peuvent procurer tous les plaisirs
de la terre. Lorsqu'on s'est démis un membre, c'est-à-

6

dire lorsque, par quelque accident, il s'est trouvé déplacé
à l'endroit de l'articulation, on n'éprouve pas toujours
une vive souffrance, mais jusqu'au moment où le chirur-
gien l'a remis à sa place on sent une gêne, un malaise
indéfinissable. Il en est de même de l'homme ou de
l'enfant égoïste, lors même que, comme notre petite Ida,
il serait trop ignorant pour savoir en quoi il agit mal, sa
conscience ne lui permettrait pas d'être complètement
heureux, et même au milieu de ses plus vives jouissances
il sentirait au fond de son cœur un vide que la bonté seule
peut combler.

A partir de ce moment, notre petite héroïne ne manqua
pas d'occupation. Elle allait deux fois par jour à la grotte,
puis il lui fallait pourvoir à la nourriture de ses protégés.
Cybèle mangeait beaucoup ; au bout de quelques semaines,
ses petits en firent autant. Les croûtes qu'Ida prenait à la
maison ne suffisaient pas et, comme elle ne voulait mettre
ni son père, ni Mélanie dans sa confidence, elle dut
employer tout l'argent que Thibaut lui donnait ou qu'elle
gagnait en vendant des coquilles à acheter du pain, du
lait ou de la viande de rebut. Si elle était obligée de
renoncer à s'acheter de nouveaux colifichets, elle était bien
dédommagée de ce sacrifice par le plaisir qu'elle éprou-
vait au milieu de son intéressante famille. Cybèle avait une
véritable passion pour elle, elle la dévorait de caresses
chaque fois qu'elle la voyait arriver. Puis, quand ses
transports étaient un peu calmés, elle se mettait en face
de la petite, la regardait avec tendresse et semblait chercher à lire dans ses yeux le sens des nombreux discours

qu'elle lui adressait. Bientôt les deux petits devinrent aussi extrêmement amusants. Leurs luttes, leurs courses maladroites, leur gaieté bruyante, amusaient beaucoup l'enfant, et souvent elle avait de la peine à s'arracher d'auprès d'eux.

Dans ses courses continuelles sur la plage, Ida rencontrait souvent le vieux monsieur. Lorsqu'il allait du même côté qu'elle, il l'accompagnait pendant quelque temps en causant. Il prenait un intérêt véritable à cette enfant, dont le cœur était bon; il l'exhortait à se détacher d'elle-même, à cesser de se faire une idole de sa beauté et, afin d'arriver à ce but, à s'occuper activement chez elle et à fuir les occasions de se faire louer et admirer.

Au sortir de ces conversations Ida était pleine de bonnes résolutions. Elle priait Nancy ou Mélanie de lui apprendre à faire la cuisine, à laver le linge ou à raccommoder les vêtements de son père; mais bientôt ces travaux lui paraissaient trop durs et trop rebutants. Elle quittait l'ouvrage à moitié fait et courait sur la plage. Là, se mêlant aux étrangers, elle répondait gaiement aux plaisanteries des jeunes gens ou se laissait faire la cour par Anatole, son fidèle chevalier. Il est vrai qu'il suffisait alors d'un regard du vieux monsieur pour lui faire prendre la fuite, l'âme troublée de remords; mais, hélas! il n'était pas toujours là et les rechutes étaient fréquentes.

Tous les animaux sont utiles.

Ida avait remarqué que son vieil ami recherchait avec
soin des pierres ayant des formes particulières et portant
des empreintes bizarres. Elle en avait un certain nombre
dans sa grotte. Elle les avait ramassées, mais, ne les
trouvant pas jolies, elle ne les avait pas vendues avec ses
autres curiosités. Un jour, elle les mit toutes dans son
panier et vint rejoindre le vieux monsieur, qu'elle avait
aperçu assis sur une roche à peu de distance de là. Cybèle
la suivit sans qu'elle s'en aperçût.

— Monsieur, dit-elle, en posant à ses pieds son lourd
fardeau, voulez-vous voir si ces vilains cailloux sont de
ceux que vous aimez. S'ils pouvaient vous plaire, cela me
ferait grand plaisir.

Le Monsieur. — Ce sont de vrais trésors, mon enfant,
des fossiles très curieux. Dis-moi vite où tu les a trouvés
et combien tu veux que je te les paie.

Ida. — Je les ai trouvés, les uns sur le bord de la mer,
les autres dans les falaises et, quant à me les payer, monsieur, j'aimerais bien mieux vous les donner que de vous
les vendre.

Le Monsieur. — Je te remercie, ma fillette; mais tu
ignores peut-être que ces vilains cailloux, comme tu les
appelles, ont une assez grande valeur, et que des savants

t'en donneraient plus d'argent que tu n'en as jamais reçu
pour toutes tes coquilles.

IDA. — Tant mieux ! tant mieux ! Je suis toute joyeuse,
moi, pauvre petite fille, de pouvoir vous faire un beau
cadeau. Seulement, auriez-vous la bonté de me dire ce
qui fait le mérite de ces cailloux ? Je vois bien que ceux-
ci ont la forme de coquillages, que ceux-là ont comme
des arêtes de poisson incrustées dedans et qu'enfin ceux-
ci ressemblent à des os, mais tous sont d'une vilaine couleur grise et nullement jolis.

LE MONSIEUR. — Tu as là, devant toi, les vestiges ou
restes d'animaux qui ont vécu à des époques très reculées.
Les parties résistantes de ces animaux, comme les os et
les coquilles, se sont changées en pierres, tout en con-
servant leur forme primitive, de sorte que les savants, en
comparant beaucoup de ces vestiges entre eux ont pu
arriver à découvrir comment étaient ces créatures, dont
quelques-unes paraissent fort différentes de celles qui
existent maintenant. Il y avait alors d'énormes lézards,
dix fois plus grands que nos crocodiles, des bêtes
grandes comme des bœufs et qui grimpaient aux arbres,
des quadrupèdes ayant un long cou terminé par un bec
d'oiseau, et, enfin, d'énormes cerfs, d'énormes rhino-
céros et d'énormes éléphants appelés mammouths tout
couverts de longs poils.

IDA. — Ces animaux devaient être plus effroyables encore que nos monstres marins, dont M. Anatole me parle
toujours. Je comprends assez bien comment, en trouvant
leurs os, on a pu découvrir la grandeur et la forme de ces

affreuses bêtes. Mais comment sait-on que les uns mon-
taient aux arbres et que les autres avaient de longs poils?

Le Monsieur. — On a pu s'assurer que l'animal dont
je t'ai parlé montait aux arbres parce que ses pattes
étaient faites de la même façon que celles de ceux qui le
font maintenant; et on s'est assuré de la forme de ses

Il y avait alors d'énormes reptiles.

pattes, non seulement par ses ossements, mais aussi par
la trace de ses pas, restée marquée sur du sable devenu
pierre ou sur de l'argile durcie.

Quant aux poils de l'éléphant, c'est une histoire plus
curieuse encore. Tu sais peut-être que, lorsque la viande
est gelée elle se conserve indéfiniment. Eh bien! près du
pôle, c'est-à-dire dans un endroit où il gèle toujours, on
a trouvé, à moitié enfoui dans les glaces, le corps d'un

immense mammouth ayant encore sa chair et ses poils,
et cependant il y avait probablement des milliers d'années
qu'il avait cessé de vivre, car maintenant il n'en existe
plus de cette espèce, et les éléphants ordinaires habitent
au contraire des pays très chauds.

IDA. — Comme c'est curieux, monsieur, ce que vous me
racontez là! C'est comme un conte de fées.

J'aimerais bien savoir à quoi servaient tous ces affreux

Mammouth.

monstres et à quoi servent ceux qui existent à présent.
Il y a quelques jours, M. Anatole et les autres enfants me
demandèrent pourquoi il y avait des châtrouilles, et je
ne sus que leur répondre. D'abord, elles sont affreuses à
voir et ensuite les pêcheurs se plaignent de ce qu'elles
détruisent beaucoup de poissons.

LE MONSIEUR. — Et ces poissons détruisaient beaucoup
de petites bêtes qui ne sont pas fâchées de voir diminuer
le nombre de leurs ennemis.

IDA. — Je pense que les pêcheurs aimeraient mieux se

charger eux-mêmes de ce soin. Avez-vous déjà vu de près une de ces affreuses chatrouilles, monsieur? Il y en a une près d'ici qu'on a jetée sur le galet. Je l'ai aperçue en venant, et c'est ce qui m'a fait penser à vous en parler.

Le Monsieur. — Allons examiner ta chatrouille, ou plutôt ton poulpe, car tel est son vrai nom; peut-être pourrons-nous découvrir en elle quelques beautés, car il est peu de bêtes dans lesquelles le laid domine absolument.

Lorsqu'ils eurent fait quelques pas, Ida s'arrêta tout étonnée, en s'écriant : — Eh bien! où donc est-elle? Je suis sûre de l'avoir laissée là, près de cette barque, et je ne vois plus rien.

Le Monsieur. — Regarde un peu ce que fait ce chien? Il pourrait bien être pour quelque chose dans la disparition de la bête.

Cybèle, car c'était elle, paraissait fort occupée. Elle avait creusé un trou avec ses pattes, et maintenant elle le remplissait en se servant de son museau comme de pelle pour repousser le sable qu'elle avait ôté. A la voix de sa maîtresse, elle releva vers elle un visage si barbouillé que la petite ne put s'empêcher de rire.

Le vieux savant s'approcha et, se mettant aussi à rire, dit à l'enfant : — Cette chienne s'est chargée de répondre à ta question. Elle n'est point d'avis que les poulpes soient des bêtes inutiles. Vois plutôt, elle a mangé la moitié de celui-ci et enterre le reste pour le conserver pour un autre repas. Je pense que beaucoup d'animaux marins sont de son avis, et j'ai même ouï dire que, sur certaines côtes, les pêcheurs s'en régalaient, ainsi que des seiches, qui sont des animaux de la même famille.

IDA. — La seiche! n'est-ce pas la bête qui contient
cette espèce d'os blanc que l'on donne à becqueter aux
oiseaux et que je trouve souvent sur la plage?

LE MONSIEUR. — C'en est une espèce, mais ce n'est
pas celle-là qu'on mange, c'en est une ayant beaucoup de
rapports avec le poulpe et qui est douée d'un singulier
moyen de défense : lorsqu'elle est poursuivie, elle fait la
nuit autour d'elle, c'est-à-dire qu'elle possède une poche

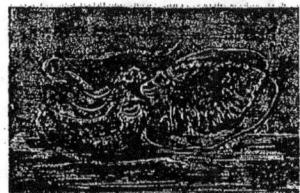

Seiche.

remplie d'une liqueur brune ; au moment du danger, elle
ouvre la poche, l'eau qui l'entoure devient complètement
trouble et elle échappe alors à l'ennemi, qui ne la voit
plus.

Ce liquide dégoûtant la rend peut-être moins attrayante
encore que son cousin le poulpe, et cependant elle n'est
pas inutile. A l'homme elle fournit sa chair, fort délicate,
dit-on, et sa liqueur dont on fait une couleur nommée
sépia.

Chaque fois que l'homme est parvenu à détruire une des
races d'animaux que ses vues bornées lui font regarder

comme nuisibles, il n'a pas tardé à s'en repentir. Autrefois, en Angleterre, on avait mis à prix la tête des moi-
neaux, parce que, disait-on, ils mangeaient tous les fruits.
Lorsqu'ils furent tous détruits, les vers, les hannetons et
autres insectes, auxquels ils ne faisaient plus la guerre,
devinrent si nombreux qu'ils firent beaucoup plus de dé-
gâts que les pauvres oi-
seaux n'en avaient ja-
mais fait. Il en arriva
de même dans une île
où on avait détruit tous
les chats sauvages, les
regardant comme des
animaux méchants et dangereux
leurs anciennes victimes, les rats,
pullulèrent tellement qu'ils mangeaient
tout et que l'île devint inhabitable.

Chat sauvage.   Sois donc bien convaincue d'une
chose, c'est que lorsque tu ne peux pas découvrir d'utilité
à une espèce d'animaux, la faute en est à ton ignorance et
que cette utilité n'en existe pas moins.

IDA. — Monsieur, vous disiez tout à l'heure que souvent, en examinant les bêtes les plus laides, on leur décou-
vrait des beautés. Cela m'a fait penser à ce qui m'est
arrivé l'autre jour. La marée avait baissé plus que d'habitude et j'ai pu arriver à un endroit qui est ordinairement couvert d'eau. Là j'ai aperçu, au milieu d'une
masse d'étoiles de mer, de grosses boules grisâtres qui
sortaient à moitié du sable. Elles étaient horribles à voir,

mollasses, gluantes et toutes recouvertes de débris de
crabes, de coquilles et d'autres animaux. Pour la forme,
ce qu'on en voyait ressemblait à la moitié d'une grosse
pomme, avec le milieu un peu renfoncé. Je voulus en
ramasser une en la piquant avec un bâton, mais elle me
lança à la figure un jet d'eau et disparut dans le sable.
Pouah ! l'affreuse et dégoûtante bête ! m'écriai-je. Au
même instant, mes yeux tombèrent sur l'une d'elles que
l'eau recouvrait, et je fus stupéfaite de la voir changée en
une magnifique fleur. Elle s'était ouverte, et du milieu de

Corail.

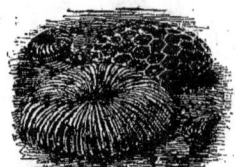
Madrépores.

cette vilaine boule sortait une masse de beaux pétales
d'un rouge orangé, qui rayonnaient tout autour. Cela
ressemblait un peu aux petites anémones de mer qui
couvrent nos rochers, mais c'étaient bien plus beau.

Le Monsieur. — Ces animaux sont en effet de la même
famille : ce sont des actinies. Ils ne se changent pas
réellement en fleurs ; ce que tu prends pour des pétales
sont leurs tentacules ; ils s'en servent comme de bras pour
amener leur nourriture à leur bouche, cette petite ouverture que tu vois au centre. Cependant, il n'en est pas
moins vrai que les actinies, comme plusieurs autres espèces de polypes, tiennent autant de la plante que de la
bête. Comme les végétaux, elles peuvent se reproduire

de boutures; si l'on en coupe un morceau, ce morceau devient un animal entier. Dans d'autres espèces, les petites poussent comme des branches sur la mère, puis se détachent et commencent leur vie à part. Dans les coraux, les polypes restent attachés et forment des espèces d'arbres, et les madrépores forment même des îles entières.

IDA. — Comment, le corail, qui est si dur, est de la même famille que tous ces polypes, qui sont si mous?

LE MONSIEUR. — La partie dure est leur habitation, et elle existe bien longtemps après que son petit architecte est mort; d'autres individus de la même espèce bâtissent ou plutôt laissent croître leur maison dessus, et c'est ainsi que l'amas grossit toujours.

IDA. — Comme c'est curieux, monsieur, tout ce que vous me dites là! J'espère qu'une autre fois vous voudrez bien me raconter encore quelque chose sur ces singulières bêtes. Maintenant, nous voilà près des bains, il faut que je retourne pour reconduire Cybèle.

LE MONSIEUR. — D'où as-tu cette chienne? mon enfant; il me semble la reconnaître pour celle que lord D... a perdue, il y a quelque temps.

IDA. — Lord D...! il ne va pas me la reprendre, j'espère?

LE MONSIEUR. — Je ne pense pas, car il est parti quelques jours après l'avoir perdue, et je ne sais où il est maintenant. Mais, dis-moi, comment cette bête est-elle venue en ta possession? Tu ne l'as pourtant pas volée!

IDA. — Volée! Oh! monsieur, comment pouvez-vous le

A l'exception d'Anatole qui prit congé d'Ida d'une manière assez pathétique.

croire? Et l'enfant, indignée de ce soupçon, se mit à raconter toute l'histoire de Cybèle et de ses petits.

Lorsqu'elle eut fini de parler, son vieil ami lui dit, en lui tapant doucement sur la joue :

— Tu as bien fait, chère petite, d'avoir eu pitié de ces pauvres bêtes. Je suis sûr que déjà tu as recueilli la récompense de ta bonne action. Tu dois te sentir à la fois plus heureuse et meilleure depuis que tu as ces créatures à soigner et à aimer; elles ont servi de moyen pour développer dans ton cœur le sentiment du dévouement, sentiment sans lequel la femme est un être imparfait. Mais je te retiens là, mon enfant, à te dire des choses que tu ne comprends guère. L'expression sérieuse de ton petit visage me fait quelquefois oublier à quelle jeune fillette je m'adresse. Va vite reconduire Cybèle, puis tu reviendras m'aider à porter à la maison mes précieux fossiles.

Le départ des baigneurs

Le temps était toujours beau. Cependant on approchait de la fin de septembre, et les baigneurs s'en allaient. La vieille baronne, Mlle Julie, le jeune peintre, les parents d'Anatole, ceux de Louise et des autres enfants étaient tous partis les uns après les autres. A l'exception d'Anatole, qui prit congé de la jolie fée d'une manière assez pathétique, c'est à peine si, parmi toutes ces personnes

qui l'avaient tant choyée et tant gâtée, il s'en trouva une
seule qui lui accordât un sourire d'adieu. Pendant des
mois elle avait servi de jouet à ces âmes frivoles, et maintenant elles la quittaient sans seulement se demander quel
serait l'avenir de la pauvre enfant à laquelle elles avaient
si libéralement versé le poison de la flatterie. Heureusement qu'il lui restait un ami sincère, M. Gérold; le vieux
savant ne partait pas encore, et Ida était devenue la compagne assidue de toutes ses courses scientifiques. Elle était
alors en vacances et pouvait lui consacrer presque tout
son temps. Chaque jour, à marée basse, ils partaient ensemble; l'enfant portait un panier et une petite pelle. Ses
jambes agiles, ses mains adroites et sa vue perçante ren-
daient mille services à son vieil ami. Celui-ci, de son côté,
s'efforçait d'instruire sa petite compagne en même temps
qu'il l'intéressait. Dans ce moment, ses études scientifiques se portaient particulièrement sur la classe si bizarre
et si peu connue des animaux-plantes ou zoophytes, et il
racontait sur eux mille faits intéressants.

Un jour que M. Gérold, fatigué d'une longue course,
s'était assis sur la grève, il pria Ida de lui apporter quelques-unes des ces anémones de mer qui étalaient dans les
flaques d'eau leurs délicats tentacules.

— Je ne puis les prendre, dit l'enfant, je crois qu'elles
sont plantées dans le roc avec des racines.

M. Gérold. — Tu te trompes, elles sont si peu plantées
qu'elles peuvent changer de place quand elles veulent. Il
est vrai qu'elles n'usent pas souvent de cette permission
et que, quand elles le font, c'est très lentement, mais

enfin elles le peuvent. Soulève délicatement avec ton couteau le bord de l'une d'elles et tu la détacheras facilement.

IDA. — C'est vrai, en voilà une, elle était seulement
collée à la façon des escargots.

M. GÉROLD. — Oui, et, par suite du manque d'air entre
la paroi du rocher et son corps lisse et humide, elle tenait
si solidement que les vagues les plus furieuses ont pu rouler sur elle sans la détacher de sa place. Beaucoup de
coquillages jouissent de la même faculté.

Anémone sur la coquille d'un Bernard-l'ermite.

IDA. — Tu es bien heureuse, petite anémone de tenir
aussi bien, car si ton pauvre corps mou roulait pêle-mêle
avec les galets, tu ne tarderais pas à être écrasée et tu
n'ornerais plus nos rivages, ce qui serait grand dommage.

M. GÉROLD. — Il y en a une espèce un peu différente
de celle-ci, qui, ennuyée de ne pouvoir se remuer que
si lentement, a trouvé moyen de se procurer une voiture
et un cocher.

IDA. — Oh! monsieur, comment cela est-il possible?

M. GÉROLD. — Il est bien entendu que sa voiture ne

7

ressemble pas aux nôtres et que son cocher n'est pas un
homme à livrée. Elle s'installe généralement sur le dos
d'un coquillage vivant ou sur la maison d'un Bernard-
l'Ermite. Où ceux-ci vont elle va aussi et partage leur
bon et leur mauvais sort. Un autre zoophyte, en forme de
ver, a eu la même idée : il se bâtit un étui dur et ouvert
des deux bouts, sur la coquille qui contient le Bernard-
l'Ermite. Il s'arrange de manière à ce que sa tête soit près
de l'ouverture, afin, lorsque son hôte prend ses repas, de
se trouver à portée de saisir les miettes qui lui échap-
pent. Il les prend et les ramène dans sa bouche avec ses
longs tentacules qui entourent sa tête comme les rayons
entourent le soleil.

IDA. — Voyez un peu, monsieur, ce que j'ai trouvé là.
C'est un morceau léger, d'une forme irrégulière et d'un
rouge magnifique. Est-ce encore un zoophyte ?

M. GÉROLD. — Oui, mon enfant, c'est une éponge.

IDA. — Une éponge, comme celles qu'on vend chez les
épiciers ! Mais alors, ce ne peut être un animal.

M. GÉROLD. — Il y a beaucoup de genres différents
d'éponges. Celle-ci n'est pas de la même espèce que celles
qui servent à la toilette ou dans les ménages. Toutes sont
des zoophytes, mais elles forment le dernier chaînon entre
la plante et la bête. Ce n'est que dans leur première jeunesse qu'elles sont douées de mouvement. Elles nagent ou
roulent dans l'eau avec assez de vivacité jusqu'à ce qu'elles
aient trouvé un endroit favorable pour s'y attacher. Elles
s'y fixent et, dès lors, continuent à grossir sans donner
d'autres signes de vie que d'aspirer l'eau par quelques-

uns des trous dont leur superficie est couverte et la rejeter par d'autres.

IDA. — En effet, il y a alors beaucoup de rapport entre leur existence et celle des plantes. Les vieilles éponges doivent bien s'ennuyer et envier le sort de leurs petits enfants qui vont où bon leur semble, tandis qu'elles restent là comme des bûches.

M. GÉROLD. — Et moi, je crois que, tant que la mer leur fournit suffisamment de nourriture, elles sont parfaitement contentes de leur sort, et qu'elles seraient bien fâchées de courir tous les dangers qui menacent leurs enfants pendant le cours de leurs pérégrinations.

Elles m'offrent une image frappante de l'égoïste qui ne s'inquiète nullement de tout ce qui n'a pas rapport à ses besoins matériels.

IDA. — Eh bien! au lieu de les plaindre, je veux tâcher de ne pas leur ressembler. N'avez-vous plus rien à me raconter, monsieur? C'est bien intéressant tout ce que vous me dites là sur ces petites bêtes, dont tant de personnes ne connaissent seulement pas l'existence.

M. GÉROLD. — Il y a un petit polype d'eau douce l'hydre, dont l'organisation est bien bizarre. Ce pauvre petit être est d'une structure très simple ; il est fait comme un sac, d'une matière molle et transparente. Il a une ouverture servant à tous ses besoins, et on peut le retourner comme un gant sans qu'il en souffre le moins du monde ; sa peau extérieure devient son estomac et son estomac devient peau extérieure. Cela ne l'empêche pas d'être fort vorace, il avale tout ce qui se trouve à sa portée, ses semblables

aussi bien que les autres animaux. Sa race ne tarderait pas
à se perdre si, parmi ses nombreux ennemis, il devait
encore se compter lui-même.

Mais, si le petit gourmand peut bien avaler son frère ou
son cousin, il ne tarde pas à s'apercevoir que la faculté
de le digérer lui a été refusée. Il le rejette au bout d'un
moment et le prisonnier libéré se secoue et recommence
la vie, sans plus se préoccuper de sa mésaventure.

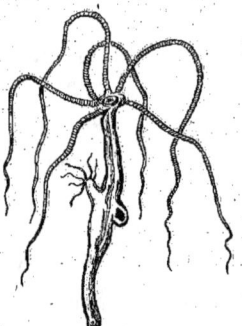

Hydre d'eau douce.

IDA. — Quelle drôle de petite bête ! Son histoire
m'amuse ; mais elle, je ne l'aime pas. Fi, que c'est mal
d'avaler ses parents !

M. GÉROLD. — La distinction du bien et du mal ne peut
exister pour les animaux, puisqu'ils ne sont pas libres de
faire ce qu'ils veulent ; ils suivent aveuglément leur ins-
tinct. Quelque innocents qu'ils soient par suite de ce fait,
il ne faut pas prendre modèle sur eux, car leur morale est
fort différente de la nôtre. Il y en a, par exemple, qui se

suicident. Les étoiles de mer ou astéries sont de ce nombre, elles préfèrent la mort à la captivité. Si tu en enfermes une dans un bocal plein d'eau de mer, tu la verras, au bout de peu de temps, détacher un de ses bras, puis un autre, jusqu'à ce qu'elle n'en ait plus; alors seulement elle meurt.

IDA. — Par suicide, vous voulez dire se tuer soi-même. Est-ce que c'est bien mal?

M. GÉROLD. — Extrêmement mal. C'est une action lâche et déshonorante. Nous sommes placés sur cette terre comme des sentinelles à un poste qu'elles ne doivent abandonner que sur l'ordre de leur supérieur. En le quittant de notre propre volonté, nous avouons que nous n'avons le courage ni de remplir nos devoirs, ni de supporter nos maux. Les zoophytes nous ont amenés là à traiter un bien grave sujet. J'espère que jamais tu n'auras la tentation de faire comme nos pauvres astéries. Disonsleur adieu pour le moment, car voilà l'heure de rentrer au logis. Le temps se refroidit et je crains que nous ne soyons obligés de renoncer à nos chères promenades.

Hélas! Ida le craignait bien aussi, et souvent elle tremblait et pleurait en pensant au long hiver qu'elle avait devant elle.

Thibaut traqué par la police.

Un soir, elle attendit vainement son père pour le souper: souvent, il lui arrivait d'être en retard, mais jamais encore il n'avait manqué de venir l'embrasser avant de se mettre au lit et de s'assurer qu'elle avait tout ce qui lui était nécessaire. Pendant les premières heures, elle ne fut pas très inquiète, mais, lorsqu'elle eut entendu sonner minuit à l'horloge de la ville et que personne ne parut, elle commença à être agitée de tristes pressentiments. Elle s'était mise au lit, mais pendant longtemps le sommeil fuit sa paupière et, quand elle s'endormit, ce fut pour se réveiller à chaque instant, croyant toujours entendre entrer quelqu'un. Alors elle se levait sur son séant, prêtant l'oreille aux mille bruits de la nuit. Oh! comme elle eût été heureuse de reconnaître les accents d'une voix humaine, quand même c'eût été celle du détesté Pinsard!

Mais non, rien que le bruit monotone des flots qui roulent sur la grève, rien que le vent qui pleure et gémit sur le toit. Elle se sentait bien triste, bien inquiète, la pauvre petite, pourtant elle finit par se calmer et par tomber dans un profond sommeil.

Le soleil était déjà assez élevé sur l'horizon lorsqu'elle se réveilla. Vite, elle va ouvrir la porte de la chambre voisine, espérant que son père était rentré pendant qu'elle dormait. Mais non, personne. Mélanie arrive; elle non plus n'a pas vu Thibaut et ne sait rien de lui. Cependant,

elle rassure l'enfant en lui disant que son père a fort bien
pu être retenu par quelque affaire loin de la maison, sans
que, pour cela, il lui soit rien arrivé de fâcheux.

— Tu sais que les vacances finissent aujourd'hui,
ajouta-t-elle; ainsi, dépêche-toi de t'habiller et d'aller à
l'école. Je te promets, si Thibaut revient, d'envoyer Nancy
te prévenir.

— Est-ce que Nancy ne reviendra plus à l'école ?
demanda la petite.

— Non, dit Mélanie, elle est assez grande maintenant
pour se rendre utile à la maison; elle garde ses frères,
pendant que je vais en journée et travaille pour eux et pour
des voisins.

Ida, un peu rassurée par les discours de Mélanie, partit
assez tranquille pour se rendre à l'école. A midi, lorsqu'elle revint déjeuner, son père n'avait pas encore paru;
seulement, elle remarqua des hommes aux allures singulières qui rôdaient autour de sa cabane. Ils se cachèrent
derrière un tas de planches lorsqu'elle s'approcha. Après
avoir mangé un morceau à la hâte, elle prit son panier
aux provisions et se mit en route pour porter le dîner à
ses protégés de la grotte. Quand elle eut fait une centaine
de pas, elle se retourna par hasard et vit que les hommes
suspects la suivaient de loin.

— Quo peuvent-ils me vouloir ? se demanda-t-elle
avec effroi, je n'ose aller plus loin. C'est si désert là-bas;
s'ils voulaient me faire du mal, j'aurais beau crier, personne ne viendrait à mon secours. Cybèle et ses enfants
ont eu à souper hier soir, ils peuvent bien attendre encore

un peu ; j'irai les voir après l'école, lorsque ces gens ne seront plus là.

En disant ces mots, elle se mit à ramasser quelques coquillages, faisant comme si elle n'avait eu d'autre intention que de faire une simple promenade sur la grève; elle flâna un instant, puis reprit tranquillement le chemin du village.

Le soir, en sortant de l'école, elle aperçut Nancy qui venait au-devant d'elle, le visage tout bouleversé :

— Ma pauvre Ida, lui dit-elle, ne rentre pas chez toi, votre maison est remplie de gendarmes et d'agents de police qui la fouillent de la cave au grenier. On dit que Pinsard est arrêté, qu'il est un voleur, peut-être même un assassin.

— Et mon père, mon pauvre père? s'écria la malheureuse enfant, plus morte que vive.

— On ne dit pas que ton père soit arrêté, reprit Nancy. Il est probable qu'il se cache parce qu'il a peur d'être pris pour le complice de Pinsard. Mais console-toi, ne pleure pas ainsi, je suis sûre qu'il est innocent et nous finirons bien par savoir où il est.

— Mon père! mon père! répétait Ida en sanglotant, lui un voleur, le complice d'un assassin! Oh! non, ce n'est pas possible. Mais on le cherche pour le mettre en prison! Ces hommes qui me suivaient ce matin, je suis sûre qu'ils croyaient que je savais où il était, que j'allais le retrouver. Et où est-il à présent? Oh! mon Dieu! Que faire, que devenir?

— Viens chez nous, dit son amie en l'entraînant dou-

cement; maman m'a recommandé de t'amener à la maison
Sois tranquille, elle ne t'abandonnera pas.

La pauvre petite, complètement anéantie par cette terrible nouvelle, suivit docilement sa compagne. Sa tête
était un chaos et il lui semblait impossible de rien décider
pour elle-même. Arrivée dans la chaumière de Mélanie,
elle se laissa tomber sur un siège, cacha sa figure dans ses
mains et se mit à pleurer amèrement. Il y avait plus d'une
heure qu'elle était ainsi plongée dans sa douleur lorsque
les jeunes enfants de Mélanie rentrèrent pour le souper.
Un des garçons s'approcha mystérieusement de la petite
affligée et lui glissa un papier dans la main.

— Qui t'a remis cela? demanda-t-elle vivement.

— Chut! lui fut-il répondu, parle bas, afin que les
autres ne nous entendent pas. Vois-tu, je m'étais un peu
éloigné du côté des falaises, quand tout à coup un homme
est sorti de derrière une grosse roche. Je n'ai pas pu voir
sa figure, parce qu'il faisait sombre et qu'il avait sa cas-
quette très enfoncée sur sa tête, mais il s'est approché de
moi, m'a remis ce papier et m'a dit :

— Donne cela à Ida, sans qu'on te voie, et si tu parles
de moi à personne d'autre, tu es mort.

Puis il a disparu, et moi qui n'étais nullement rassuré,
j'ai pris mes jambes à mon cou et j'ai couru jusqu'ici.

Le papier contenait ces quelques mots, sans signature :
« Si tu veux encore me revoir, viens seule, ce soir à
onze heures, au pied de la première falaise. Silence envers
tout le monde. »

Ida ne douta pas que le billet ne fût de son père; et la

pensée de le revoir bientôt lui rendit un peu de courage. Elle se mit à table avec la famille, mangea quelques bouchées, puis se coucha docilement dans le lit de Nancy. Cette bonne fille, pour ne pas la gêner, alla partager la couche étroite de sa mère. Lorsque tous les membres de la famille, fatigués des travaux du jour, se furent profondément endormis, Ida, avertie par le bruit de leur respiration, se leva doucement, s'habilla à la hâte, reprit son panier rempli de pain et parvint à sortir sans être entendue de personne.

Les reproches d'un père.

La nuit était bien noire, c'était la première fois que l'enfant se trouvait seule dehors à pareille heure. Un frisson parcourait ses membres ; elle marchait vite et souvent tournait la tête pour voir si personne ne la suivait. Le chemin était pierreux, et si elle n'en avait eu une si grande habitude, elle serait tombée plus d'une fois.

Le désir de revoir son père soutenait son courage, mais ne pouvait l'empêcher de se dire avec inquiétude :

— Si j'allais ne pas le trouver, si le billet n'était pas de lui et que je sois reçue là-bas par des étrangers ! Mais je dois y aller, il faut que j'y aille ; je ne puis renoncer à la moindre chance de revoir mon père.

Et elle pressait le pas.

Enfin, la voilà arrivée sous la première falaise ; elle s'arrête et écoute. Le vent mugit, la mer gronde, mais elle n'aperçoit aucun être vivant. Elle appelle d'abord à voix basse, ensuite un peu plus haut :

— Papa ! papa !

Rien, toujours rien. Une sueur glacée couvre ses membres, chaque minute lui paraît un siècle et elle allait succomber sous le poids de son émotion quand, enfin, elle aperçoit une forme noire qui se détache avec précaution de derrière une touffe de ronces et d'ajoncs. Cette forme s'avance et bientôt Ida se sent pressée entre les bras de son père. Ils restèrent un instant immobiles, confondant leurs larmes dans une muette étreinte. Puis, Thibaut, repoussant brusquement sa fille, lui dit d'une voix rauque :

— Malheureuse enfant ! comment puis-je t'aimer encore, après tout le mal que tu m'as fait ?

— Moi ! moi ! mon père, je t'ai fait du mal ! et comment cela ?

— Tu le demandes ? N'es-tu pas la cause première de toutes nos infortunes ? Ne sais-tu pas que ta mère est morte de chagrin quand elle a vu qu'elle ne pouvait acquitter des dettes contractées pour toi, pour satisfaire ton goût immodéré pour la toilette ? Et moi, crois-tu que je me serais laissé entraîner à suivre les conseils de cet infernal tentateur de Pinsard, s'il ne s'était agi que de moi-même ? Non, non, peu me suffisait, et, une fois séparé de ma pauvre chère femme, je savais qu'il n'y avait plus de bonheur pour moi sur la terre ; mais ce

que je savais aussi, c'est que jamais tu ne pourrais te
résigner à vivre comme une pauvre paysanne, à travailler durement du matin au soir. Ce que je savais,
c'est que tu serais malheureuse si je ne pouvais te
donner tous les colifichets que tu me demanderais, si
je ne pouvais te mettre à même de faire briller cette
beauté dont tu étais si fière. Je n'avais plus que toi au
monde, et, pour te rendre riche, puisqu'il te fallait la
richesse, j'ai consenti à aider des contrebandiers à
cacher leurs marchandises ; puis, d'abord sans le savoir,
ensuite sans le vouloir, je me suis trouvé mêlé à des
voleurs et compromis dans leurs odieuses affaires. Si
je suis découvert, j'irai en prison, au bagne peut-être !
Ta mère tuée par toi, ton père un forçat, voilà, malheureuse enfant, où nous ont conduits ta vanité et ton
égoïsme !

Ida, atterrée de tout ce qu'elle venait d'entendre, écrasée
sous le poids d'un immense remords et d'un profond
chagrin, Ida, muette, immobile, ne songeait seulement
pas à interrompre son père. Au bout d'un instant de
silence, celui-ci reprit avec plus de véhémence encore :

— Non, non, cette dernière humiliation nous sera épar-
gnée, je n'irai pas au bagne. Je ne puis plus que cela
pour toi, mais au moins je le ferai, je t'épargnerai la honte
d'avoir un père forçat. Je t'ai fait venir ici pour te dire
un dernier adieu. Retourne chez Mélanie, elle ne refusera
pas de te recevoir ; mets-toi à travailler, tâche d'oublier
la fatale beauté, tâche d'oublier jusqu'au nom de ton malheureux père !

En finissant ces mots, il se rapproche de l'enfant, la
serre vivement dans ses bras et veut s'éloigner. Mais Ida
se cramponne convulsivement à lui, et d'une voix pleine
d'angoisse lui crie :

— Non, non, tu ne me quitteras pas ainsi, pas sans me
dire ce que tu comptes faire et où tu vas.

— Que t'importe ce que je veux faire? répond Thibaut,
d'un air sombre; qu'il te suffise de savoir que tu n'enten-
dras plus parler de moi, que ma honte ne rejaillira pas
sur toi.

— Oh! papa, papa, tu me fais peur ! Ta voix me fait
peur ! Tes yeux me font peur ! Oh! pourquoi regardes-tu
ainsi la falaise? Pourquoi regardes-tu la sombre mer? Tu
veux te tuer, ajouta-t-elle, avec un cri de désespoir. J'en
suis sûre, tu veux te tuer!

— Tu es folle, enfant, reprit le malheureux avec un
ricanement amer. D'ailleurs, quand ça serait vrai, qu'ai-
je de mieux à faire? Ne suis-je pas maintenant un misérable, habitué à la fainéantise et à l'ivrognerie? Ne suis-
je pas, désormais, incapable de rien faire de bon? Va,
laisse-moi, pourvu que je ne puisse plus te nuire, qu'importe ce que deviendra cette misérable carcasse!

— Oh! ne parles pas ainsi, s'écria l'enfant avec feu.
Oui, je sais que, quand même j'aurais été si affreusement
coupable, quand même j'aurais été la cause de la mort de
ma mère et de toutes les fautes, il faut me pardonner;
il faut consentir à rester auprès de ta malheureuse
enfant et à te mettre à travailler honnêtement. Tu ne me
réponds rien, tu détournes la tête; est-ce que tu ne me

crois pas? Oh! mauvais, mauvais père, tu dis que tu
m'aimes encore et tu veux non seulement m'abandonner,
mais encore me laisser l'affreux remords d'avoir causé la
mort de l'un et l'autre de mes parents! Tu veux m'ôter
ma seule chance de réparer un peu mes fautes! Cette
chance, ce serait de me dévouer à toi pour tout le reste
de ma vie, de ne jamais te quitter, de ne cesser jamais de
te soigner et de t'encourager à bien faire. Tu veux me
perdre...

A ces mots, la pauvre enfant fut interrompue par ses
sanglots, et Thibaut, se laissant vaincre, enfin, par sa
tendresse paternelle, la serra de nouveau sur son cœur
et, pour la calmer, lui promit de faire tout ce qu'elle
voudrait. Au bout d'un moment de silence, il lui dit :

— On me cherche de tous côtés ; si je reste ici, je
serai bientôt découvert ; si je veux m'éloigner, au premier village où je serai forcé de m'arrêter, je serai
reconnu. Où veux-tu que je me cache? Que veux-tu que
je devienne?

— Suis-moi, lui répond Ida vivement ; dans la
caverne aux chiens, personne ne viendra nous chercher,
et d'ailleurs Cybèle et ses enfants nous défendraient
contre vingt gendarmes.

Dans la grotte.

La lune s'était dégagée d'entre les nuages et éclairait maintenant les sombres falaises ; sans elle, il eût été difficile de s'orienter au milieu du dédale de roches et de broussailles qu'il fallait traverser pour arriver à la grotte.

Lorsque nos fugitifs n'en furent plus qu'à une petite distance, l'enfant devança son père, afin d'aller préparer Cybèle à l'arrivée d'un étranger. Le bon animal, bien qu'éveillé en sursaut par le bruit des pas, fit à sa petite maîtresse l'accueil le plus chaleureux. Tout en l'accablant de caresses, il gémissait et semblait lui reprocher d'avoir été si longtemps sans venir la voir. Cependant les chiens n'avaient pas souffert de la faim, car Ida vit près de là des restes de poissons, qu'ils avaient probablement trouvés sur la grève. Les jeunes chiens, maintenant presque aussi grands que leur mère, bâillaient en étirant leurs pattes d'un air paresseux ; évidemment il leur en coûtait de chasser le sommeil. La petite les appela et les conduisit tous trois au-devant de son père. Lorsqu'ils l'aperçurent, les petits se reculèrent effrayés et se serrèrent en aboyant contre les jupes de leur maîtresse ; quant à Cybèle, elle grogna sourdement et se fût jetée sur l'inconnu, si Ida ne l'eût saisie dans ses bras et retenue par le cou. A force de discours et de caresses, la jeune fille finit par faire comprendre à sa fidèle compagne que le nouveau venu devait être traité en ami. Après l'avoir

flairé de tout côté d'un air de méfiance, Cybèle consentit
à se laisser flatter par Thibaut, et tous ensemble se
rendirent à la grotte. Ida distribua aux chiens quelques
morceaux de pain et, après les avoir mangés, il se cou-
chèrent et se rendormirent. Quant au père et à la fille, ils
avaient le cœur trop serré pour pouvoir ni manger, ni
trouver le sommeil. La nuit se passa pour eux en de
tristes réflexions. Ida envisageait avec horreur la vie
qu'elle avait menée jusqu'à présent, vie uniquement
consacrée à l'adoration d'elle-même. Comme le vieux
monsieur avait raison, pensait-elle, quand il me
disait :

Pauvre enfant, pauvre malheureuse enfant Et cependant il ne pouvait deviner quelles conséquences déplo-
rables aurait ma fatale vanité. Être cause de la mort
de sa mère ! des fautes de son père ! et l'enfant se mettait
à pleurer. Peu à peu, les instructions de son vieil ami lui
revinrent à l'esprit, ses doutes s'effacèrent, et elle se sentit
encouragée et consolée. Vers le matin, elle dit à son père,
qui pendant toute la nuit n'avait fait que se tourner et se
retourner sur sa couche humide, comme s'il eût été sur
des charbons ardents :

— Je crois qu'il vaut mieux que j'aille à la ville avant
qu'on ne s'aperçoive de mon absence, sans quoi Mélanie
et ses enfants pourraient me chercher et découvrir notre
retraite. Il faut aussi que je me procure quelques provisions ; je n'ai qu'un peu de pain, qui ne durera pas longtemps.

— Fais ce que tu voudras, ma pauvre enfant, lui

répondit Thibaut. J'ai la tête perdue, je n'ai même plus la faculté de penser.

— Je penserai pour toi, mon cher petit père, dit la fillette en l'entourant tendrement de ses bras ; mais, avant que je m'éloigne, il faut que tu me fasses la promesse solennelle de ne pas bouger d'ici. Tu as besoin de repos, tu vas tâcher de dormir et, pendant ce temps, Cybèle veillera sur toi. A midi, je reviendrai si je puis le faire sans être remarquée et, en tous cas, à la nuit je serai ici.

Thibaut promit tout ce qu'elle voulut et l'enfant s'éloigna le cœur un peu plus tranquille. Lorsqu'elle arriva à la cabane de Mélanie, celle-ci se levait seulement.

— Ah ! te voilà, Ida ! lui dit-elle ; tu as été bien matinale ce matin.

— Oui, reprit celle-ci, j'étais si tourmentée que je ne pouvais dormir, et il m'a semblé que je serais mieux dehors que dans mon lit.

La curiosité de Rosalie est punie.

Personne ne paraissait se douter des événements de la nuit. Après un frugal déjeuner, Ida se rendit comme de coutume à l'école. A midi, elle prévint Nancy que n'ayant pas faim elle ne rentrerait pas dîner. Elle acheta en ville quelques provisions de bouche, ce qui ne parut pas extraordinaire, puisque souvent elle le faisait pour ses chiens ;

8

ensuite elle prit un chemin détourné qui devait également
la conduire à la grotte. Elle n'en était plus fort éloignée
lorsque, tout à coup, elle s'arrêta et prêta l'oreille. Qu'est-
ce donc? Une pâleur de mort a couvert son visage. Non,
elle ne se trompe pas : ce qu'elle entend là, ce sont bien
des grognements et des aboiements de chien. C'est la voix
de Cybèle, elle la reconnaît. Son père est découvert, quelqu'un a été à la grotte pendant son absence! Des gendarmes peut-être ! Les aboiements continuent en se
rapprochant et sont entremêlés de cris perçants, de cris
de femme. Ida court, vole par-dessus les rochers aigus et
arrive en un clin d'œil à l'endroit d'où part le vacarme.
Là, elle aperçoit une jeune fille étendue par terre et criant
de toute sa force. Elle l'a bien vite reconnue, c'est Rosalie, l'infortunée Rosalie, aux prises avec Cybèle, qui tire
sur ses vêtements avec fureur et les met en lambeaux,
non sans endommager aussi un peu la peau de sa victime.
Les jeunes chiens, spectateurs du combat, tournaient autour, en jappant à qui mieux mieux. Ida réussit avec un
peu de peine à apaiser Cybèle et à rétablir le calme, puis,
aidant Rosalie à se relever, elle se mit à lui faire cent
questions :

— Pourquoi es-tu ici? Que cherchais-tu? Es-tu blessée? Qu'as-tu donc fait aux chiens pour les mettre ainsi
en fureur? La jeune fille rouge de honte et de colère, reste
un instant sans répondre; puis, reprenant un peu de son
assurance ordinaire, elle dit d'un ton aigre :

— N'ai-je pas aussi bien que toi, le droit de me promener ici? Veux-tu donc accaparer les falaises, comme tu

C'était l'infortunée Rosalie aux prises avec Cybèle.

as accaparé les baigneurs? Quant à tes horribles chiens,
dès qu'ils m'ont aperçue ils se sont mis à aboyer; j'ai
voulu les chasser en leur jetant des pierres, la chienne
s'est élancée sur moi, je me suis sauvée et suis tombée
sur ces rocs. Tu me demandes si je suis blessée, mais je
me sens moulue; elle m'a dévorée, ton affreuse bête.

— Oh! pas tout à fait, reprit Ida en riant, je ne te vois
que quelques légères écorchures. Ta robe et ton châle
sont plus malades que toi. Donne-moi le bras, je vais
t'aider à retourner à la ville. Rosalie accepta l'aide de sa
compagne tant qu'elle fut dans les mauvais chemins; mais,
lorsqu'elles en furent sorties, elle lui dit qu'elle n'avait
pas besoin de l'accompagner plus loin, qu'elle se sentait
fort en état de rentrer seule.

Le fait est qu'elle ne se souciait pas que sa rivale fût
témoin de l'étonnement et des sourires moqueurs que la
vue de son accoutrement déchiré ne pouvait manquer
d'exciter quand elle entrerait dans la ville.

Rosalie n'avait jamais pu pardonner à Ida l'humiliation
qu'elle lui avait fait subir sur la grève. Depuis ce temps,
elle l'épiait sans cesse, dans l'espoir de finir par trouver
une occasion de se venger d'elle. Lorsqu'elle entendit parler de l'accusation portée contre Thibaut et de sa disparition, elle pensa l'avoir trouvée. Les courses fréquentes
d'Ida du côté des falaises ne lui avaient pas échappé, et de
là elle en vint facilement à conclure que, si Ida avait
caché son père quelque part, ce devait être par là. Ce
matin même, elle avait résolu de suivre sa rivale lorsqu'elle
sortirait de l'école, afin de découvrir où était Thibaut et

de le livrer à la justice. Quelle méchante fille! direz
vous.

Méchante, elle ne l'était pas primitivement, elle n'était que
vaniteuse. Ce fut cette passion qui fit entrer dans son cœur
la jalousie, l'envie et enfin la haine, la haine qui paralyse
tout bon sentiment et rend incapable de distinguer le bien
du mal.

Heureusement qu'Ida, en sortant de l'école, fit tant de
tours et de détours qu'elle dépista Rosalie. Celle-ci, la
croyant partie pour les falaises, s'y rendit seule et eût probablement découvert la retraite du pauvre fugitif, si les
chiens ne l'eussent mise en déroute. Après l'avoir quittée,
Ida se rendit auprès de son père, qu'elle trouva moins
abattu; il avait pris un peu de repos et put manger avec
plaisir ce qu'elle lui apportait.

Pour ne pas éveiller les soupçons par son absence, l'enfant se rendit encore à la classe de l'après-midi. Après la
sortie, Nancy la prit à part et lui dit :

— Méfie-toi de Rosalie. Je ne sais ce que tu lui as fait,
mais elle est furieuse contre toi. Je lui ai entendu dire
qu'elle était sûre que tu savais où était ton père; qu'elle
se doutait de l'endroit où tu le cachais, et qu'elle n'aurait
pas de repos qu'elle ne l'ait fait arrêter. Pour le moment,
elle est au lit, malade d'une chute qu'elle dit avoir faite;
ainsi elle ne peut te nuire; mais, dès qu'elle sera remise,
méfie-toi d'elle.

— Oh! ma chère Nancy, dit Ida tout effrayée, comment faire pour sauver mon pauvre père? Il n'est que trop
vrai que je sais où il est, et que cette méchante fille se

doute du lieu de sa retraite. Aide-moi, car je suis bien
malheureuse !

— Pauvre Ida, lui dit Nancy en l'embrassant ; je voudrais bien pouvoir t'être utile à quelque chose, dis-moi,
ne puis-je rien faire pour toi?

— Tu es bonne, toi, Nancy, reprit Ida, tu es bien meilleure que moi, car je ne t'ai jamais causé que du chagrin, et tu me plains. Oui, sans doute, tu peux m'être
utile si tu parviens à empêcher qu'on ne me cherche ce
soir, si je ne reparais pas à la maison. Je te serais aussi
bien obligée si tu voulais faire un petit paquet de mes
vêtements et de ceux de mon père et le porter au pied de
la première falaise, derrière la roche noire.

— Tu peux compter qu'ils y seront ce soir et que je
ferai mon possible pour empêcher que l'on ne te cherche.

En disant ces mots, les deux amies se séparèrent après
s'être tendrement embrassées.

Ida vend ses petits chiens.

Aussitôt qu'Ida fut arrivée à la grotte, elle dit à son
père :

— Il ne serait pas prudent de rester plus longtemps ici,
on soupçonne notre retraite et il faut absolument partir.

THIBAUT. — Je ferai ce que tu voudras, ma pauvre
enfant ; mais sans argent, dénués de tout, où veux-tu que
nous allions? A peine aurons-nous fait quelques lieues que

je serai reconnu et arrêté, et toi, que deviendras-tu alors,
te trouvant seule au milieu d'étrangers? Ici, au moins, si
je suis pris, tu restes avec des amis.

IDA. — Bon courage, mon père; j'ai une idée que je
ne crois pas mauvaise. Ne pourrions-nous prendre une
de ces barques qui sont là sur la grève et aller rejoindre un
navire partant pour l'Angleterre? Là, personne ne nous
connaît et nous serions en sûreté.

THIBAUT. — Oui, mais nous mourrons de faim et, même
sur le navire, si nous y arrivons sans argent pour payer
notre passage, le capitaine ne voudra pas nous recevoir;
il nous renverra à terre et tout sera perdu.

IDA. — De l'argent! Il faut donc absolument de
l'argent? Comment faire pour en avoir? Mais, j'y
pense, le vieux monsieur m'a dit que Cybèle et ses
petits étaient d'une race de chiens de chasse très esti-
mée et qui se vendait fort cher. Si tu me le permets,
demain matin de bonne heure, j'irai trouver M. Gérold
et je lui demanderai s'il veut m'acheter Castor et Pollux.
Cela me fera bien de la peine de me séparer d'eux, mais
de toute façon nous ne pourrions les emmener. Quant à
ma chère Cybèle, n'est-ce pas, tu me permettras de la
garder? Je l'aime tant! il me semble que je n'aurais jamais
le courage de la quitter.

THIBAUT. — Fais ce que tu voudras, mon enfant, je
m'abandonne à toi. Je n'ai plus l'énergie de rien décider.

Lorsque l'enfant vit, à la hauteur du soleil, que la mati-
née était assez avancée pour qu'elle eût quelque chance
de trouver son vieil ami levé, elle pria son père de retenir

Cybèle, et, appelant les deux jeunes chiens, elle se dirigea
vers la ville. Elle avait le cœur bien gros à la pensée de
voir ces pauvres animaux que, depuis leur naissance, elle
soignait avec tant de sollicitude, passer en des mains
étrangères et s'éloigner d'elle pour toujours. D'un autre
côté, elle se sentait heureuse de pouvoir être utile à son
père, d'être appelée à lui faire un sacrifice, quelque douloureux qu'il fût. Elle connaissait la demeure de M. Gérold,
parce que souvent elle l'avait aidé à transporter chez lui
des fossiles et ses autres curiosités. Comme il était encore
de bonne heure, elle y arriva sans avoir rencontré personne.

Oh! comme son cœur battit, lorsqu'elle prit le marteau
pour frapper à la porte!

— S'il allait être parti, se disait-elle; s'il ne voulait pas
des chiens, que deviendrions-nous?

Elle entend des pas, on ouvre. Oh! bonheur! c'est son
vieil ami lui-même.

— Comment! c'est toi, chère petite? lui dit-il d'un air
étonné. Que viens-tu faire ici de si bon matin? Tu me
parais pâle et changée. Es-tu malade?

— Non, monsieur, pas malade, mais bien malheureuse; et, comme vous m'aviez dit de venir vous trouver
quand j'aurais besoin d'un ami, j'ai pris la liberté de venir
vous supplier de me rendre un grand service.

— Parle, ma fillette, et, si ce que tu me demandes est
eu mon pouvoir, je ne te le refuserai certainement pas. Tu
es malheureuse, dis-tu, et pourquoi?

— Oh! monsieur, je vous en prie, ne me questionnez

pas. La cause de mon chagrin est un secret qui ne m'appartient pas; ainsi, vous ne voudriez pas me le faire dire! Ce que je vous demande seulement, c'est de m'acheter mes chiens, mes chers petits chiens, ajouta-t-elle en se baissant et embrassant les museaux humides des deux bêtes étonnées, qui se pressaient contre ses jupons. Oh! je vous en conjure, ne me refusez pas; si vous saviez quel immense service vous me rendriez! Je vous en serai reconnaissante pendant toute ma vie.

— Je ne te ferai plus de questions, puisque tu ne crois pas devoir y répondre. Cependant, j'ai peine à comprendre que tu puisses avoir un besoin d'argent assez pressant pour désirer te défaire de tes protégés. Dis-moi seulement si tu as bien réfléchi à ce que tu vas faire, si tu es bien décidée.

— Oh! oui, monsieur, il le faut, il le faut absolument.

— Je ne suis pas assez riche pour faire moi-même cette grande dépense; mais, dans la maison même, habite un lord anglais aimant beaucoup la chasse; peut-être consentira-t-il à te les acheter. Je vais le faire prier de descendre pour qu'il les voit.

L'enfant eût préféré que ses protégés restassent entre les mains de son vieil ami; mais, puisque cela n'était pas possible, il fallait bien se résoudre à accomplir son sacrifice jusqu'au bout.

Dans le lord anglais qui entra un instant après, elle reconnut un monsieur d'un certain âge, que souvent elle avait vu sur la jetée, accompagné de deux grandes jeunes filles, dont elle se moquait quelquefois parce qu'elles étaient raides et gauches et que leur mise excentrique dénotait peu de goût.

Les chiens furent déclarés fort beaux et d'excellente race. L'Anglais offrit cinquante francs des deux. Ida ne s'attendait pas à recevoir autant. Elle bondit de joie; mais, l'instant d'après, elle sanglotait en disant adieu à ses élèves. M. Gérold sortit avec la petite et l'accompagna pendant un bout de chemin. Au moment de se séparer de lui, Ida se jeta dans ses bras et le remercia avec effusion de toutes les bontés qu'il avait eues pour elle.

— Tu vas donc partir, mon enfant? lui dit-il avec émotion. Si nous ne devons plus nous revoir, promets-moi de ne pas oublier ton vieil ami et de graver dans ta mémoire les derniers conseils qu'il va te donner :

Fuis soigneusement l'oisiveté et méfie-toi des flatteurs. Tu peux, sans risquer de te tromper, regarder comme un ennemi quiconque louera ouvertement ta beauté. Tes vrais amis n'agiront jamais ainsi. Hélas! pauvre enfant, tu t'en vas dans le monde, comme un agneau au milieu des loups. Dieu veuille te préserver de leurs embûches!

En disant ces mots, l'excellent homme embrassa tendrement sa petite protégée et la quitta, les yeux obscurcis par les larmes.

En marchant le long de la grève, Ida se mit à examiner les barques que les pêcheurs y avaient hissées et laissées à sec.

— Est-ce que ce ne sera pas un vol d'en prendre une? se demandait-elle avec anxiété. Lorsque nous serons arrivés au navire, il faudra la laisser aller à la dérive et son

pauvre propriétaire ne pourra peut-être jamais la ravoir.
Puis, je ne suis pas sûre que mon père puisse à lui tout
seul la mettre à flot et la diriger. Comment faire donc,
comment faire? Ah! j'aperçois le père Jean; je suis bien
sûre que lui ne nous trahira pas.

Le père Jean.

Le père Jean était ce pêcheur avec lequel Ida avait causé
le jour où elle avait découvert la grotte. Depuis, elle l'avait
souvent rencontré et avait fait plus ample connaissance
avec lui.

Dans ce moment, il était occupé auprès de son bateau
à raccommoder ses filets. Ida s'approcha de lui, le salua
de son air le plus gracieux et lui demanda s'il comptait
aller à la pêche ce jour-là et si, parmi les nombreux
navires qu'on voyait en rade, il y en avait quelqu'un partant pour l'Angleterre.

— J'irai bien pêcher un peu à la marée de cette après-
midi, lui répondit-il; quant aux navires, ceux-ci attendent
le flot pour entrer au port et ne partent pas. Pourquoi me
fais-tu cette question; est-ce que tu voudrais aller en
Angleterre? Est-ce que ton père y serait, par hasard? Il
n'est bruit dans le pays que de sa fuite et de l'arrestation
de Pinsard. Mais voilà que tu pleures, j'ai tort de te parler de cela. Allons, console-toi, ma fillette, tout le monde

Le père Jean était occupé, auprès de son bateau, à raccommoder ses filets.

sait bien que ton père est un brave homme et qu'il s'est
seulement laissé entraîner par la mauvaise compagnie.
Voyons, puis-je faire quelque chose pour toi; je ne suis
qu'un pauvre marin, mais il ne sera pas dit que si je puis
l'empêcher, je laisserai une si gentille fillette dans la
peine.

— Oh! mon bon père Jean, lui répondit l'enfant, vous
pourriez nous rendre un si grand service. Mais je vous
en prie, promettez-moi d'abord de ne révéler à personne
ce que je vais vous dire.

— Tu peux parler sans crainte, je serai muet comme
un poisson.

Sur cette assurance, Ida lui raconta que son père était
caché aux environs et lui expliqua le service qu'ils attendaient de lui.

— Cela se trouve bien, reprit le brave homme, je con-
nais justement le capitaine d'un navire charbonnier qui
repart à vide par la marée de demain matin. Je suis sûr
qu'il consentira volontiers à vous prendre à son bord et
qu'il ne vous fera pas payer grand'chose pour votre passage. Je vais aller le trouver et convenir de tout avec lui.
Ce soir, sur le coup de huit heures, trouve-toi ici et nous
déciderons de tout ce qu'il y aura à faire.

— Oh! merci, merci, père Jean! dit l'enfant en prenant
la main calleuse du vieillard et la serrant contre son
cœur; vous êtes bon, vous, bien bon.

LE PÈRE JEAN. — Il faudrait avoir le cœur bien dur
pour pouvoir refuser quelque chose à une jolie petite
fille comme toi.

Ida. — Oh! je vous en prie, ne m'appelez pas jolie;
si vous saviez tout ce que ce mot me rappelle! Quand je
l'entends, il semble qu'on me donne un coup dans le
cœur; mais adieu, mon pauvre père m'attend, il faut que
j'aille le rejoindre.

L'enfant s'éloigna d'un pas rapide, son cœur débordant
de reconnaissance envers le père Jean.

En route pour l'Angleterre.

A mesure qu'elle se rapprochait de la grotte, ses pensées prirent un autre cours. Elle se souvint combien son
père lui avait paru triste et découragé le matin, et sa
joie se changea peu à peu en une inquiétude horrible.
Depuis plusieurs heures qu'elle l'avait quitté, si le désespoir s'était de nouveau emparé de lui! Si, croyant
impossible d'échapper à ses ennemis, il avait repris l'affreux projet de s'ôter lui-même la vie!

A cette pensée, la pauvre petite sent un frisson la par-
courir des pieds à la tête; elle presse le pas, elle court,
elle vole. La voilà enfin arrivée près de la grotte; d'une
main, elle repousse Cybèle qui l'accable de caresses, de
l'autre elle écarte les broussailles qui ferment l'entrée de
la caverne, regarde et pousse un cri perçant. Son père est
étendu par terre, pâle et les yeux fermés.

— Ida, mon enfant, qu'as-tu donc? lui demanda-t-il en
se relevant effrayé.

— Oh! papa, cher papa, lui dit-elle en se jetant dans ses bras. J'ai eu si peur, j'ai cru que tu étais mort.

THIBAUT. — La fatigue m'avait seulement fait tomber dans un profond sommeil. Mais je me sens mieux maintenant, beaucoup mieux. Je suis prêt à faire tout ce que tu voudras ; m'apportes-tu de bonnes nouvelles ?

IDA. — Très bonnes, mon petit père. Et elle se mit à lui raconter tout ce qu'elle avait fait depuis le matin. Thibaut, sans être tout à fait aussi confiant que sa fille dans la réussite de leur plan d'évasion, reprit pourtant courage ; il comprenait maintenant qu'il y aurait lâcheté de sa part à abandonner cette enfant qui se montrait si tendre et si dévouée ; il sentait que, par elle, il pourrait encore se réhabiliter et peut-être même goûter le bonheur.

La journée se passa pour tous deux dans des alternatives de crainte et d'espoir. A huit heures précises, Ida et le père Jean se retrouvèrent de nouveau sur la grève. Ce dernier était radieux, il avait réussi dans sa négociation.

— Le capitaine consent à vous prendre à bord, dit-il ; demain, de grand matin, il sortira du port et ira nous attendre en rade. Je vous prendrai dans ma barque et nous irons rejoindre le navire. Mais, dis-moi, ma mignonne, avez-vous quelques vêtements de rechange à emporter ?

— Oh! oui, dit l'enfant, la bonne Nancy m'en a fait parvenir un gros paquet. Pauvre Nancy ! il m'en coûte de partir sans lui dire adieu.

LE PÈRE JEAN. — Il est plus sûr de ne te montrer à personne ; mais je te promets de témoigner tes regrets à

9

ton amie. Adieu, ma fillette, soyez exacts au rendez-vous.

Cette recommandation était inutile ; longtemps avant
l'heure convenue, le père et la fille guettaient déjà l'appa-
rition de la barque. Le temps était aussi favorable que
possible ; la mer était calme et une brume matinale cachait leurs mouvements à tout regard indiscret. Comme
cela avait été convenu d'avance, Cybèle accompagna ses
maîtres. En chienne bien élevée, elle ne fit aucune difficulté pour les suivre dans le bateau et même pour se
laisser hisser sur le navire, à bord duquel ils arrivèrent
sans encombre.

Ce ne fut pas sans un douloureux serrement de cœur
que Thibaut et sa fille virent s'éloigner la barque du bon
pêcheur, puis ensuite disparaître les côtes de leur patrie.
Mais Ida secoua bientôt ce sentiment si naturel en se
reprochant de n'être pas tout au bonheur de voir son père
libre, d'être sûre qu'il n'irait pas en prison.

La traversée fut courte et facile. Le capitaine avait pris
en affection sa jolie passagère, et, arrivé en Angleterre,
il ne voulut jamais recevoir le prix de leur passage.

— Mes pauvres amis, leur dit-il, sur cette terre étrangère, vous n'aurez que trop besoin de votre argent.

La suite nous apprendra jusqu'à quel point il avait
raison.

Misère noire.

Maintenant Thibaut n'avait plus rien à craindre des gendarmes, mais il n'était pas encore au bout de ses peines. Leur petit trésor ne pouvait durer longtemps. Comme le père et la fille ignoraient la langue du pays, il ne leur était pas facile de se procurer de l'ouvrage. Après en avoir vainement cherché dans la ville où ils étaient débarqués, ils s'enfoncèrent dans l'intérieur du pays, pensant que la vie y serait moins chère.

Chemin faisant, la jolie figure d'Ida lui valut plus d'une proposition avantageuse. Tantôt, on voulait la garder dans des cabarets pour servir les pratiques et les attirer par sa mine avenante ; tantôt, c'étaient des dames qui la demandaient pour en faire leur femme de chambre ; mais tous l'accablaient de tant de compliments que, se rappelant les paroles de son vieil ami, elle se sentait prise de méfiance et se demandait si ce n'étaient pas là ces loups dévorants au milieu desquels il lui avait prédit qu'elle se trouverait. D'ailleurs, il eût fallu se séparer de son père, et, pour rien au monde, elle n'y eût consenti. Les angoisses par lesquelles elle avait passé avaient bien mûri son caractère. Elle avait maintenant la raison d'une femme. Elle sentait que le seul moyen de racheter ses fautes passées était de se dévouer uniquement à ce père, qui n'avait failli que par excès d'amour pour elle, et elle était bien décidée à le soigner et à veiller sur lui pendant tout le reste de sa vie.

On leur proposa aussi plus d'une fois de leur acheter
Cybèle; mais il avait été convenu entre eux que, tant qu'ils
auraient un morceau de pain à se mettre sous la dent,
ils le partageraient avec le fidèle animal.

Deux mois se passèrent ainsi. Thibaut trouvait quelquefois un peu d'ouvrage dans la campagne et ce qu'il gagnait
les aidait à vivre pendant un jour ou deux; mais le plus
souvent on le repoussait durement, ne comprenant même
pas ce qu'il demandait.

La mauvaise saison leur enleva cette dernière ressource
et, le froid s'ajoutant à leurs autres privations, leur misère
devint telle qu'Ida vit bien qu'il fallait se résoudre à faire
le sacrifice de sa compagne bien-aimée.

— Nous voilà tout près des fêtes de Noël, dit-elle à son
père; j'ai entendu dire qu'à cette époque les Anglais
riches se retirent à la campagne pour chasser; si vous le
voulez bien, nous nous arrêterons à tous les châteaux que
nous verrons, pour demander si on veut nous acheter
Cybèle.

— Ma pauvre enfant, lui répondit Thibaut, en auras-
tu vraiment le courage? J'aurais tant désiré pouvoir
t'épargner ce chagrin.

— Il le faut, mon père. D'ailleurs, cela me fait trop de
peine de ne pouvoir donner suffisamment à manger à la
pauvre bête. Vois comme elle est maigre, tandis que, si
elle appartenait à un grand seigneur, elle serait grasse et
bien nourrie. Il me semble que nous n'avons pas le droit
de la laisser souffrir plus longtemps.

THIBAUT. — Ah! ma pauvre Ida, tu aurais bien mieux

fait d'accepter la proposition que, hier soir encore, on te faisait dans l'hôtellerie où nous nous sommes arrêtés pour sécher nos vêtements. Ces braves gens voulaient non seulement te garder chez eux, mais encore se charger de la chienne.

IDA. — Oui, mais pas de mon cher petit père.

THIBAUT. — Quand je suis entré dans cette bonne salle chaude et bien éclairée, après avoir été exposé toute la journée au vent, à la pluie et à la neige, il m'a semblé être en paradis. Comme l'hôtesse avait bonne mine ! Comme l'hôte était gros et gras ! Et ces jeunes gens qui buvaient dans un coin, ont-ils assez regardé et admiré ma jolie Ida. Quand tu as ôté ton chapeau et laissé tomber les boucles de tes cheveux pour les sécher devant le feu, ils n'ont pu retenir un cri d'admiration. Cela me désole de penser que tu as renoncé à vivre dans un lieu si agréable, où tu aurais été à jamais à l'abri du besoin, pour suivre un malheureux qui sera toujours pour toi une cause de chagrin.

IDA. — Console-toi, cher papa, ce n'est pas seulement pour cette raison-là que j'ai refusé de rester dans l'hôtellerie. Ces jeunes gens, que tu trouves si aimables parce qu'ils nous ont forcés à partager leur souper, lorsque tu es sorti, se sont mis à me raconter mille sottises. Je ne m'y suis pas trompée ; je comprends bien assez d'anglais maintenant pour les entendre ; et ton gros hôte à l'air si bon enfant voulait absolument m'embrasser et me répétait sans cesse : *pretty girl, pretty girl !* Allez, je sais bien que ces gens-là n'auraient pas été

de vrais amis pour moi. Auprès d'eux, je serais devenue
méchante et, par conséquent, malheureuse. Auprès de
toi, je pourrai souffrir du froid et de la faim, mais je
ne serai jamais tout à fait malheureuse.

Les premières tentatives que nos pauvres amis firent
pour offrir la chienne ne furent pas heureuses. Partout
on les repoussait durement, et même dans une maison
Ida crut comprendre, aux regards qui leur étaient lancés,
qu'on les soupçonnait d'avoir volé cette bête de prix.
Le courage commença alors à manquer à la malheureuse
enfant et à son père. Depuis vingt-quatre heures ils
n'avaient rien mangé, la neige tombait fine et serrée, et
leurs pieds, enflés par le froid, pouvaient à peine les porter.
Tout en se traînant péniblement, ils arrivèrent à la grille
d'un grand parc au fond duquel on apercevait un château
de belle apparence. Thibaut se laissa tomber sur une
borne et dit, avec un ton de profond abattement :

C'est inutile d'aller plus loin, autant vaut mourir ici
qu'ailleurs Hélas ! ma pauvre chère enfant, t'ai-je donc
arrachée à ton pays pour te voir périr sous mes yeux de
faim et de froid ? Ah ! pourquoi n'ai-je pas eu le courage
de partir sans te revoir ? Au moins, tu serais maintenant
tranquille auprès de Mélanie.

— Chut ! dit-elle en lui fermant la bouche par un
baiser ; tu sais que je ne veux pas que tu parles ainsi.
D'ailleurs, tout n'est pas encore si désespéré, je vais
aller frapper à la porte de ce château ; si on ne veut
pas m'acheter Cybèle, au moins on ne me refusera pas
un morceau de pain et peut-être la permission de nous

Depuis vingt-quatre heures ils n'avaient rien mangé et la neige tombait fine et serrée.

chauffer au feu de la cuisine. C'est la première fois que
je mendierai; mais cela vaut mieux que de te voir souffrir
ainsi.

Ida trouva enfin, le bonheur.

En disant ces mots, elle s'avança timidement dans
le parc. Cybèle la suivant toujours. A peine eut-elle fait
une dizaine de pas qu'elle s'arrêta effrayée en entendant
des voix d'hommes et des aboiements qui semblaient se
rapprocher d'elle, et, presque au même instant, deux
grands chiens, courant à toutes jambes, arrivent auprès
d'elle. Ils s'arrêtent, la flairent un instant, puis se mettent
à qui mieux mieux à la dévorer de caresses, en poussant
des hurlements de joie. La pauvre petite, interdite,
immobile, ne pouvait en croire ses sens. Castor, Pollux!
mes bons chiens, mes chers enfants, est-ce bien vous que
je revois ou est-ce un songe que je fais? Mais non, Cybèle
vous reconnaît aussi. Étourdie par les caresses bruyantes
de ses amis, Ida ne voyait et n'entendait qu'eux. Tout à
coup, elle sent une main se poser lourdement sur son
épaule; elle se retourne en jetant un cri de frayeur; mais,
ô bonheur! elle se trouve en face de M. Gérold, de son
vieil ami.

— Ida, ma pauvre enfant, dit celui-ci en la prenant
dans ses bras, car elle était prête à s'évanouir de joie et

d'émotion, comment te trouves-tu ici ? Comme tu es pâle et changée, ajouta-t-il ; sans Cybèle, je ne l'aurais pas reconnue. Tu as donc bien souffert depuis que nous nous sommes quittés ?

— Oh oui ! beaucoup, beaucoup ; mais, maintenant que je vous revois, tout est oublié. Vous arrivez à notre secours au moment où nous allions mourir de faim. Je ne puis encore comprendre comment vous vous êtes justement trouvé en Angleterre, dans ce parc.

— Tu n'as pas encore regardé monsieur, Ida ; c'est pourtant aussi une de tes connaissances, et c'est à lui que tu dois ma présence en ces lieux, car je suis en visite chez lui. Il a eu la bonté de m'engager à venir passer les fêtes de Noël dans sa famille.

L'enfant leva ses beaux yeux sur le second personnage et reconnut l'Anglais acquéreur des deux jeunes chiens. Il se nommait lord Bright et c'était à lui qu'appartenaient le parc et le château. Il accueillit avec bonté la petite fille et son père, les reçut provisoirement chez lui et leur fit donner tout ce qui leur était nécessaire. Lorsque Thibaut se fut reposé et eut repris ses forces, on lui procura de l'ouvrage.

Il ne tarda pas à montrer qu'il avait véritablement à cœur de réparer ses fautes passées, et, soutenu et encouragé par sa fille, il devint l'ouvrier le plus sobre et le plus rangé qu'on pût voir.

Le bon M. Gérold ne quitta pas l'Angleterre sans recommander chaudement sa chère protégée à ses aimables hôtesses.

— Soyez tranquille, lui fut-il répondu, votre petite sorcière a su gagner tous nos cœurs.

En effet, les grandes Anglaises dont, sur la plage, on critiquait tant la mise et la tournure, se montrèrent des protectrices aussi bonnes qu'éclairées de la pauvre enfant.

Elles lui firent apprendre l'état de couturière en robes, et, comme Ida était très adroite et avait beaucoup de goût, elle ne tarda pas à y exceller et à gagner assez d'argent pour se suffire à elle-même.

A mesure qu'elle sortit de l'enfance, sa jolie figure devint toujours pour elle une source de tentations. Bien des propositions séduisantes lui furent faites, mais elles furent toutes repoussées. Elle puisait dans les principes moraux que son vieil ami lui avait inculqués la force de rester toujours dans son chemin. Chaque fois que la flatterie murmurait à son oreille quelques-unes de ses paroles empoisonnées, il lui semblait entendre une voix douce et triste qui répétait : « Pauvre enfant, pauvre malheureuse enfant! »; et, toute frissonnante, elle fuyait comme si elle eût aperçu un serpent sous des fleurs.

Son plus grand bonheur était d'entourer de soins et d'affection la vieillesse de son père et de se dire que, quand il ne pourrait plus travailler, elle serait en état de lui procurer une existence douce et paisible.

Ses soins furent bénis : Thibaut, confortablement établi dans une jolie maisonnette, entre son enfant bien-aimée et sa fidèle Cybèle, vécut encore de longues années. Souvent il déclarait qu'il était aussi heureux qu'on peut

l'être loin de sa patrie, et que ce bonheur il le devait à
sa chère Ida.

Aussitôt qu'Ida eût réussi à mettre un peu d'argent de
côté, elle fut tourmentée du désir d'envoyer quelques
témoignages de sa reconnaissance à Mélanie, à Nancy et
au père Jean. Vers cette époque, M. Gérold vint encore
faire un séjour en Angleterre. Notre héroïne était restée
en correspondance avec lui, elle savait qu'il avait dû passer, par sa ville natale pour s'y embarquer; aussi, après
lui avoir témoigné la joie qu'elle avait à le revoir, elle se
mit à l'interroger sur toutes les personnes qui l'inté-
ressaient.

—J'ai prévu tes questions, lui dit son vieil ami en sou-
riant, et j'ai pris toutes les informations nécessaires pour
pouvoir y répondre. Voici ce que j'ai appris : Mélanie vit
toujours, et, maintenant que ses enfants sont grands, elle
se tire facilement d'affaire. Nancy est mariée et est aussi
excellente épouse que bonne femme de ménage; le père
Jean est bien vieux, il a des rhumatismes et ne peut plus
travailler. Quant à ton ancienne amie, Rosalie, elle a
quitté la ville. Lorsque j'ai demandé de ses nouvelles, on
a haussé les épaules en branlant la tête. A force de questions, j'ai fini par apprendre qu'elle avait eu le sort que je
redoutais pour toi, mon joli papillon. Elle n'a vécu que
pour sa beauté, y rapportant toutes ses pensées et toutes
ses aspirations.

Tant que cette funeste beauté a duré, elle s'est vue
gâtée, flattée, adulée; ses jours se sont passés dans les
fêtes et les plaisirs; mais la maladie, suite de tous ces

excès, est venue lui ravir son fragile éclat. Ses faux amis l'ont abandonnée et elle s'est trouvée seule, misérable, incapable de s'occuper à rien d'utile et, qui plus est, méprisée des autres et d'elle-même.

— Pauvre Rosalie ! dit Ida en soupirant. Ah ! mon cher monsieur, mon précieux ami, que ne vous dois-je pas ? Si vous ne vous étiez pas trouvé sur ma route pour me donner de bons conseils, si de cruelles épreuves n'avaient fait naître en moi des sentiments plus sérieux, j'en serais aussi là ; comme Rosalie, je serais perdue.

— Il y a du vrai dans ce que tu dis, ma chère enfant, reprit le vieux savant, et chaque jour je me félicite d'avoir pu te montrer la bonne voie.

Lorsqu'il revint à L..., à son retour d'Angleterre, le digne M. Gérold remit, de la part d'Ida, à Mélanie une belle robe de mérinos, au père Jean un costume complet de bon drap bien chaud et à Nancy, une jolie montre d'argent.

Depuis cette époque, il ne se passa pas d'année que les habitants de la grève ne reçussent quelque présent de celle dont ils se souvenaient encore comme de la jolie petite fée de la mer.

FIN

TABLE DES MATIÈRES

Paris. — Imprimerie A. Picard et Kaan, 192, rue de Tolbiac, 1-95, G. D. L.

PARIS. — IMPRIMERIE ALCIDE PICARD ET KAAN, 192, RUE DE TOLBIAC.

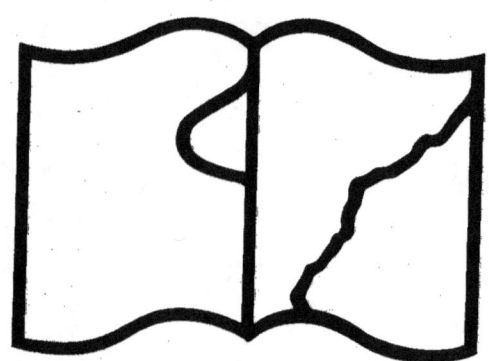

Texte détérioré — reliure défectueuse
NF Z 43-120-11

Contraste insuffisant

NF Z 43-120-14

www.ingramcontent.com/pod-product-compliance
Lightning Source LLC
Chambersburg PA
CBHW070818250626
47170CB00006B/2148